나는 발굴지에
있었다

바빌론에서부터 시작된 이야기

나는 발굴지에
있었다

허 수 경

산 문 집

ㄴㄴ › ‹ ㄷㄴ

차례

『데어 슈피겔Der Spiegel』 2005년 8월 22일 자의 표제 기사 제목은 「귀신이 돌아오다」이다. 독일에 새롭게 등장하고 있는 좌파의 정치적인 힘을 분석하는 이 기사의 첫머리는 마르크스의 무덤이 있는 런던 하이게이트의 요즘 모습이 그려져 있다. 마르크스의 무덤을 방문하길 원하는 이들은 우선 입장료를 내고 티켓을 사야 한다. 마르크스의 무덤 역시 상품으로, 그 상품은 한 장례 회사가 관리하고 있다. 몇몇의 방문객만이 그 무덤 근처를 어슬렁거리며 사진을 찍고(사진을 찍으려면 약간의 돈을 더 내어야 한다) 있다고, 『데어 슈피겔』은 보도하고 있다. 122년 전에 마르크스는 세상을 떠났다. 그 122년 동안 유럽과 동아시아와 라틴아메리카가 겪어낸 역사를 돌이켜보면 격변과 격변으로 점철되었다. 두 개의 큰 세계대전이 있었고, 지구 곳곳에서는 크고 작은 전쟁과 살육이 있었으며, 혁명과 반혁명의 형제 죽이기가 곳곳을 휩쓸었다. 그리고 사회주의 국가들의 몰락, 베를린 장벽의 무너짐…… 다시 런던 하이게이트에 자리잡고 있는 마르크스의 무덤으로 가보자. 돈을 내고 입장을 하는 관광객들이 마르크스 앞을 어슬렁거린다. 무덤을 방문하는 자에게 무덤은 아무런 말도 하지 않는다. 다만 무덤을 방문하는 자들은 무덤을 앞에 두고 과거와 현재, 그리고 미래에 대해서 말하려고 할 뿐이다. 결국 과거를 들여다보는 자의 내면에는 미래를 점치고 싶은 마음이 있으며 미래를 점치려는 내면에는 현재의 문제를 분석하려는 마음이 있기 마련이다. 그런데 왜, 현재인가? 그 시간, 현재라는 시간만을 인간이 생물학적으로 살아가기 때문이다. 그 현재라는 인간의 시간만이 나와 너를 이렇게 바라보게 하는 것이다.

　이 글을 쓰는 시간 동안 나는 자주 정원을 어슬렁거렸다. 정원을 다녀가는 손님들을 바라보았다. 새와 민달팽이, 지렁이와 나비와 쥐며느리, 잠자리, 그리고 바람에 실려 날아다니는 가벼운 씨앗들, 그 사이사이에 이라크에서는 전쟁이 지나갔고, 새로운 전쟁이 자살 폭탄을 등에 허리에 복부에 맨 이들에 의해 일어났으며, 전쟁이 지나간 아프가니스탄의 평원 지대에서는 양귀비꽃이 마치 붉은 양탄자처럼 불길하게 피어올랐다. 그런 생각이 들 때마다 나는 정원을 어슬렁거리며 정원에 들른 손님들을 바라보다가 너에게 전화를 했다. 수만 리 저편의 너는 집에 없었다. 네가 집에 없었으므로 나는 기분이 좋았다. 너는 어디론가 가서 너의 현재의 시간을, 단 하나, 인간에게 주어진 살아 있는 시간을 살아가고 있을 것이므로.

연재하는 1년 반 동안 격려해주신 많은 분과 현대문학의 여러 분들에게 깊숙이 고개를 숙인다.

2005년 9월 독일에서

허수경

*

겨우내 귤 한 알,

베란다 창틀 위에 놓여 있었다.

다시 암이 찾아오면서 병원에 입원을 할 때

무슨 마음으로 그랬는지

귤 한 알, 창틀 위에 놓아두고 병원엘 갔지.

지난가을에는 암 종양으로 가득한 위를 전개했다.

그리고 겨울, 나는 귤 한 알이 먹고 싶었나보다.

귤 한 알.

인공적으로 연명하는 나에게

귤은 먹을 수 없는 것이지만

나는 그 작은 귤의 껍질을 깠다.

코로 가져갔다.

사계절이 코끝을 스치며 지나갔다.

향기만이.

향기만이.

그게 삶이라는 듯

병원 창틀에 작은 햇살이 머문다.

이런 날이면 어제의 오후엔

웬 눈이 왔는지 싶다.

청명한 오늘만을 살라고!

오늘만이 삶이라고!

*

작년에 화분에 심어둔

수국이 얼어가고 있었다.

내가 얼어가는 동안

수국도 얼 거라는 걸

우리가 같은 계절을 산다는 걸

왜 모른 척했던가.

수국은 나보다 먼저 갈 것이다.

소리 없이

불평 없이

그리고

나를 기억하지 못할 것이다.

나 역시 언젠간 너를.

*

개나리 노란 한숨,

저 바람이 스치며 간다.

노란 한숨이 아직은 작게 내려오는

봄빛 아래에서

바람이 스친, 아린 자리를 쓰다듬으며
허공에 머물러 있다.

사랑한다, 라고 말할 시간이 온 것이다.
아무도 사랑하지 않은 시간은 없었다고
말할 시간이 온 것이다.

*
오래 죽어 있던 책.
온전히 나였던 책.
아프게 썼고, 처절하게 썼고,
무덤을 열고 들어가
나 스스로 죽음이 되어
모래 먼지의 이름으로 썼던 책.
다시 숨을 쉬게 된다니
기적만 같다.
이 기적이 내게도 올까. 온다면,

크리스마스에 벽난로 앞에 앉아

만질 수 있을 텐데.

만지고 싶은데.

될까. 그게.

*

사랑하는 민정아.

네가 있어서 참 좋았던 시간을 무엇으로 갚을까.

너에게는 오래전

나에게서 떠나간 표정이 있어.

온몸으로 밀고 나가는,

그리고 져버려버리는.

그런 네 손에서 나오는 책이니

나는 미안한 마음만 가득.

이런 말도 더이상 하지 않기. 그러기.

네게 마음 빚만 많은 이 생을 지나 다음에는

내가 네게 많은 걸 할 수 있기를.

널 위해 나 역시 고개를 자주 숙이며 기도를 한다.

하루종일 이 책을 떠올리며 보냈다.

세월이 그렇게 흘러갔다는 생각.

아프면 참지 말고 아프다고 하고.

2018년 9월 독일에서

허수경

바빌론

::

그리고, 수없이 파괴당했던 바빌론,

누가 그곳을 그렇게 수없이 다시 건설하는가.

—베르톨트 브레히트

전쟁이 나고 난 뒤 바그다드에 첫 폭격이 떨어지는 것을 위성 뉴스로 지켜보던 저녁이었다. 유프라테스강가에 서 있는 등불에 비친 강물은 붉은빛을 띠고 있었고 하늘에는 이라크군이 쏘아올린 조명등으로 도시의 하늘은 불길한 녹빛을 띠고 있었다. 폭탄은 바그다드 위로 떨어졌다. 인간에게 삶의 터전은 무엇인가. 네 개의 벽으로 둘러싸인 방이다. 방과 방을 연결하는 마루와 마당과 그 마당에 조금씩 피어 있는 빛 좋은 작은 꽃이며 그 모든 것을 어루안고 있는 담이다. 그리고 그 담을 잇대고 있는 이웃의 담이며 이웃의 꽃이며 마루며 이웃의 방이다. 담과 담 사이에 갓 지은 밥냄새가 삶의 터전, 그것이다. 위성 뉴스를 같이 보던 벗들은 서로 어깨를 감싸고 울었다. 그곳에 벗을 두고 있는 이들도 있었다.

우리는 전쟁이 시작되기 전에 이라크에 다녀온 누군가가 찍어 온 사진들을 함께 보았다. 아직 전쟁이 시작되기 전의 바그다드 시에는 수박과 바나나, 오렌지를 가득 실은 마차와 갖가지 빵을 어깨에 짊어지고 가는 작은 소년도 있었다. 물담배를 느긋하게 피우고 있는 노년은 설탕이 많이 든 차를 앞에 두고 저물어가는 저녁을 바라보고 있기도 했다. 시리아를 잘 아는 벗 하나는 이라크인과 시리아인을 구별할 수 있는 방법은 차에 얼마나 설탕을 넣는가 하는 거라고 했다. 시리아인들은 차에 설탕을 많이 넣지 않으나 이라크인들은 달콤한 차를 아주 좋아한다고 했다.

독재자와 독재자의 아들이 바그다드 궁전에 아직 머물고 있던 그때, 그러나 전쟁은 아직 그 도시에서 일어나지 않았다. 그 누군가는 바그다드를 빠져나와 바빌론도 다녀왔다. 그 가운데 사진 한 장. 바빌론 성벽을 이루고 있는 흙벽돌을 확대해서 찍은 사진. 사진은 누군가가 그때 경험한, 50도를 웃도는 햇볕 아래에서 하얗게 질린 얼굴을 하고 있었다. 1970년대 이라크 정부는 바빌론을 대대적으로 보수했다. 성벽을 새로 쌓아올렸다. 그 벽돌은 아마도 그 시절 보수 공사를 할 때 찍어낸 모양이었다. 새로 찍어낸 벽돌은 2000년 나이를 먹은 벽돌 사이사이에 끼어 있었다. 그러나 비명은 쐐기문자가 아닌 아랍어로 적혀 있었다. 누군가는 사담 후세인의 이름이 적혀 있다고 했다. 고대 오리엔트 왕들은 궁전이나 사원이나 성이나 우물을 지으면 그 흙벽돌에다가 자신의 이름을 적어놓았다. 어떤 왕이 어떤 신을 위하여 그런 건물들을 지었는지 흙벽돌에 적힌 비명을 읽으면 알 수 있었다.

구데아, 엔시 라가시, 닝아니, 닝기르수, 우르상 칼라가, 엔릴라, 에닌누 무나두(구데아, 라가시의 왕, 그의 신 닝기르수, 엔릴신의 강한 영웅, 그를 위하여 에닌누를 짓다).

수메르어로 적힌 이 짤막한 비명은 라가시라는 수메르인의 도시 국가의 신전 벽돌에 새겨져 있다. 고대 오리엔트의 폐허 도시 위에는 이런 비명이 적힌 벽돌들이 수없이 널려 있다. 왕 이름이 다르고 신의 이름과 신전 이름이 다르고 언어는 다르나 내용은 똑같다. 어떤 왕이 어떤 신을 위하여 어떤 신전을 지었는가, 하는 것은.

특히 바빌론은 고대 오리엔트 왕들에게는 기원전 1700년경부터 세계의 중심지, 그 자체였다. 어진 왕이든 왕위 찬탈자든 모두 이곳에 자신의 흔적을 남기고 싶어했다. 이방인들도 이곳으로 들어와 사원을 짓고는 자신의 이름을 벽돌에 새겨놓았다. 고대 왕들이 하던 대로 사담 후세인도 자신의 이름을 벽돌에 적었다. 사담 후세인은 고대 오리엔트 왕들의 전통에 자신의 이름을 올리려고 했다. 고대 왕들은 벽돌에 이름을 새겨넣으면 비명이 있는 벽돌 면을 안으로 밀어넣어 벽 앞에 선 사람들이 그 이름을 읽을 수 없게 만들었다. 그 벽을 허무는 사람만이 왕들의 비명을 읽을 수 있었다. 사담 후세인은 자신의 이름이 적혀 있는 벽돌 면을 밖으로 드러내어 벽 앞에 서 있는 누구든 이름을 읽을 수 있도록 만들었다. 벽이 건재하는 나날 동안 우리들은 독재자의 이름을 읽을 수 있다. 독재자의 역사 인식이라는 아이러니는 무서운 아이러니이다. 그는 무엇을 남기려고 했을까. 불멸에의 열망은 아닐까. 모든 독재자나 찬탈자들이 자신의 정당성을 증명하기 위하여 거대한 다리와 높은 건물을 짓는 것처럼, 그 건축물 위에 펄럭이는 깃발들은 대부분 단순하고도 강력한 원색을 띠고 있다. 그 빛은 독재자들이 가진 단순하고도 공격적인 욕망 같다. 그들에게 욕망은 어떤 타인의 생명보다 중요하다. 원색의 강렬함, 그리고 욕망의 불길함. 바그다드에는 그날 거친 철우박 같은 폭탄이 떨어지고 있었다.

바빌론은 바그다드에서 남쪽으로 90킬로미터쯤 떨어져 있다. 바그다드와 힐라를 잇는 주도로를 달리다보면 바빌론으로 인도하는 작은 도로가 나온다고 사담 후세인이 정권을 잡고 있던 시절, 이라크에서 나온 여행 길잡이 책에는 적혀 있다.

여기까지 여러분들은 바그다드에 있는 볼거리에 대해서 정보를 얻었습니다. 자, 지금부터 바그다드를 떠나 남쪽으로 가봅시다. 제

그림 : 바빌론 재구성 모델(마르두크 사원과 바벨탑).
출전 : 아미에P. Amiet, 『고대 오리엔트의 예술Die Kunst des Alten Orient』, 1977년, 그림 932.

일 먼저 볼거리는 바빌론.
　　　―이라크 정부가 1982년에 발간한 『이라크 여행 길잡이』에서

오리엔트의 폐허 도시들은 멀리서 보면 언덕처럼 여겨진다. 기원전 오리엔트에 살았던 사람들은 대부분 진흙 벽돌로 궁전이나 사원이나 집을 지었다. 고대 이집트인들처럼 돌로 집을 지었다면 오늘날까지 우리는 오리엔트의 고대 건축물들을 감상할 수 있을 것이다. 그러나 오리엔트에는 돌이 귀하다. 먼 곳에서 돌을 가져다가 집을 짓는 것은 커다란 사치에 속하는 일이었다. 그들은 진흙 벽돌로 집을 지었다. 진흙을 물에 이기고 마른풀을 잘라넣고는 햇볕에다 말리거나 불에서 구워내었다. 몇 세대가 지나면서 진

흙 벽돌로 지은 집이 낡으면 벽을 허물고 지반은 그대로 둔 채 그 위에다가 다시 집을 지었다.

고고학자들이 문화 지층cultural stratum/Kulturschicht이라고 부르는 지층은 이렇게 세대가 지나면서 겹으로 겹으로 두꺼워지다가 결국은 언덕 모양을 이루는 것이다. 사람들이 살기를 포기하고 떠나버린 오리엔트 도시들을 발굴하는 일은 그러니까 언덕을 파는 일이다. 언덕은 언덕이되 그곳에 살았던 인간의 기억을 궁글게 안고 있는 기억의 언덕을 파내려가는 일이다. 기억의 맨 아래층에는 아마도 폐허 도시가 태어날 때의 기억을 가지고 있을 것이다. 그 위에는 유년이, 또 그 위에는 청년의 시간과 장년의 시간과 노년의 시간이 있을 것이다. 그리고 죽음의 시간은 맨 위에 얹혀져 있다. 폐허 도시의 죽음의 시간은 지금과 가장 가까운 시간이다. 그러나 놀라워라, 인간의 시간과는 달리 폐허 도시의 시간은 죽음의 순간인 지층을 파내면 순간순간마다 유년과 청년과 장년과 노년이 한 지층 안에 어우러져 숨쉬고 있다. 각각의 지층이 머금고 있는 시간의 스펙트럼. 발굴은 도시의 죽음을 파내는 것으로부터 시작된다.

도시의 죽음은 그 도시에 아무도 살지 않으면서 진행된다. 아무도 살지 않는 곳. 아니 살 수 없는 곳. 모두가 떠나버린 그 자리에는 바람과 흙과 우연히 지나다가 터를 잡은 억센 잡초들이, 그리고 그 잡초들 사이를 기어다니는 작은 파충류나 지네들이 모여든다. 그런 자연들은 옛날에 이곳에 도시가 있었고 사람들이 살았고, 하는 사실들과는 아무런 관련이 없다. 오랜 세월이 지나고 난 뒤 더러 그곳에는 무덤이 하나씩 둘씩 들어서기도 한다. 허나 무덤을 그곳에 들어앉힌 사람들은 언젠가 그곳에 도시가 있었다는 것을 잊어버린 이들이다. 그들 역시 도시가 존재했다는 사실과는 무관하다. 폐허 도시는 누군가가 오래된 잊힘에서 그 도시를 불러내면서 새롭게 태어난다. 도시로서는 아무런 기능을 할 수 없으나 폐허 도시라는 이름의 삶이 시작되는 것이다.

큰 만족과 함께 독일 동방학회의 회원 제씨들은 제가 보낸 발굴 보고서를 통해서 1899년 부활절 나날 동안 폐허지 바빌론의 발굴 소식을 들었을 것입니다. 바벨(바빌론의 구약성서 이름), 그 유명한 도시, 어린 시절부터 우리들의 판타지를 사로잡았던 그 도시, 궁전과 왕들, 신들, 바벨탑, 네부카드네자르, 신성한 시온의 신전을 파괴했던, 신이 유일한 힘임을 깨달을 때까지 모든 인간을 조롱했던, 그리고 바빌론을 건설했던, 전쟁 영웅……, 우리는 지금 광영과 함께 있습니다. 잊힌 폐허의 언덕, 그 숨겨진 내부로 들어가서 그곳에 진정 무엇이 숨겨져 있는지 알아낼 수 있는……,

　　　　　　—콜데바이가 독일 동방학회에 부친 편지에서

독일의 건축가이며 고고학자였던 콜데바이R. Koldewey, 1855~1925
는 오리엔트의 가장 유명한 폐허 도시 가운데 하나인 바빌론의 발
굴을 이렇게 시작한다. 이미 그리스 건축을 공부했고 동방 폐허
도시 여러 곳을 발굴한 적이 있던 콜데바이는 바빌론이라는 거대
한 고대 도시를 폐허에서 이렇게 불러낸다. 발굴을 하는 자에게
폐허 도시는 잊힌 도시가 아니다. 자신의 환상 속에서 움직이고
자신을 구속하는 살아 있는 현재이다. 그는 잊힌 도시와 관계를

사진 : 콜데바이.
출전 : 콜데바이, 『한 독일 고고학자의 생애 속에서 보낸 즐겁고 진지한 편지들Heitere und ernste Briefe aus
　　　einem deutschen Archaeologenleben』, 1925년.

맺는다. 그와 도시 사이에 놓여 있던 세월은 무력하게 뒤로 물러선다. 그는 1899년에서 1917년이라는 무려 18년 동안 바빌론에 머물며 발굴을 한다.

우리 일꾼들은 잘 견디고 있습니다. 그들은 하루에 열한 시간이나 일합니다. 겨울만큼 일을 많이 합니다. 제일 힘든 것은 암란Amran에 있는 깊이 발굴할 때 나는 먼지입니다. 깊이 발굴은 10미터에서 12미터까지 땅 밑으로 파내려갔습니다. 일꾼들은 10미터나 12미터 깊이를 올라갔다가 내려갔다가 해야 합니다. 물론 일꾼들은 그늘을 지나갈 땐 아주 천천히 걸어가곤 하지요.

—콜데바이가 독일 동방학회에 부친 편지에서

그가 편지에 쓴 깊이 발굴이란 바빌론의 주신 마르두크 사원 발굴을 뜻하는 것이었다. 8개월 동안 3만 입방미터의 흙을 20미터 깊이까지 파들어간 발굴터에서 들어내었다고 한다. 먼지와 모래바람 속에서 그는 바빌론만 발굴을 했을까. 그의 발굴은 유럽인이 기원후부터 가지고 있던 기독교에 기반을 둔 정체성에 도전하는 데 큰 역할을 했다. 1899년 베를린에 처음으로 고대 동방학과가 설립되고 델리치F. Delitzsch, 1813~1890라는 고대 동방학자가 초대 교수가 되었다. 그는 1902년에 '바벨, 그리고 비벨'이라는 제목으로 강연을 했다. 그 강연 내용에는 고대 동방인들이 구약성경의 내용뿐 아니라 종교나 윤리에까지 큰 영향을 미쳤다는 내용이 들어 있었다. 신성한 구약의 형성 근원이 고대 동방의 신화에 있다는 그의 주장은 수많은 신학자를 분노 속으로 몰아넣었을 뿐 아니라 사회의 각 계층으로부터 물밀 듯한 항의를 받았다. 구약 속에 전해져오는 고대 동방인들은 유일신을 부정했고, 만신을 섬겼고, 우상을 짓고 우상 앞에다가 절을 했던 이방인이 아니던가. 그 이방인의 세계가 성경 이전의 역사적인 헤게모니를 쥐고 있었다는 사실을 유럽인들은 인정하기 힘들었다. 그러나 델리치는 강연을 통하여 구약이 왜곡했던 고대 동방의 세계에 대한 진실을 알리고자 했다. 바빌론 발굴은 성경이 형성되기 전부터 있었던 세계, 성경 형성에 커다란 역할을 한 세계를 역사 앞으로 불러 세웠다. 백년이 지난 지금 우리는 성경 속에 나오는 대홍수의 설화가 고대동방인들의 신화 속에 먼저 등장했다는 것을 알고 있다. 수메르 시대부터 전해져 내려오던 우루크의 왕 길가메시가 만난 우트나 피쉬팀, 그는 대홍수 후에 살아남은 인간이었다, 성경에 기록된 노아처럼.

바빌론은 구약과 헤로도토스의 여행기에도 기록된 유명한 도시이다. 많은 이가 구약이 기록한 대로 바벨탑의 전설과 예루살렘을 파괴하고 3천 명의 전쟁 포로를 끌고 왔던 도시로 바빌론을 기억하고 있거나 헤로도토스가 기록한 대로 기억하고 있을 것이다. 아직 어떤 인간도 지어본 적이 없는, 하늘에 닿는 거대한 탑을 지으려고 하다가 신의 저주를 받았다는 도시.

오리엔트를 여행하던 헤로도토스는 바빌론을 찾아온다. 그는 자신의 여행 기록에 바빌론의 모습을 적어둔다. 그의 기록에 의하면 바빌론은 평원에 서 있고 네모형으로 건설되었다고 한다. 각 면이 120스타디온(고대 그리스의 거리 단위)이고 도시 전체 크기는 480스타디온이었다고 한다. 헤로도토스는 바빌론에 대해 크기만한 것이 아니라 우리가 아는 도시 가운데 가장 아름다운 도시라고 적고 있다. 도시는 깊고도 넓은 물로 채워진 보루로 둘러싸여 있고 그뒤에 도시 성벽이 치솟아 있다. 성벽은 왕립 페르시아 길이 단위로 50엘렌만큼 넓으며 200엘렌만큼 높다고 했다. 도시 가운데로 유프라테스강이 지나가고 도시 안에는 2층, 4층의 집들이 곧게 뻗은 길 사이에 솟아 있다고.

헤로도토스가 오리엔트 지역을 여행할 당시 적어도 헤로도토스의 환상 속에서 바빌론은 죽은 도시가 아니었다. 성문으로 들어오면 임구르 엔릴(Imgur Enlil. 자비로운 엔릴이라는 뜻)이라는 이름을 가진 내성과 니미티 엔릴(Nimitti Enlil, 엔릴의 지주라는 뜻)이라고 불리는 외성이 있으며, 성벽에는 색유리로 갖가지 신화 속에 나오는 동물들이 새겨져 있다. 내성을 쭉 따라서 오면 여신 이슈타르의 이름을 붙인 거대한 문이 나온다. 이 길을 따라서 계속 걸으면 지구라트라고 불리는 높은 사원이 있는 도시의 주신인 마르두크를 모신 에상길라(Esangila, 머리를 들어올리는 집이라는 뜻)와 엔테멘안키(Entemenanki, 하늘과 땅의 토대를 이루는 집이라는 뜻)라고 불리는 거대 신전에 도달한다. 도시의 남쪽과 북쪽에는 나부카드네자르와 나보니도스 왕의 궁전이 서 있었다. 신바빌론 왕국의 마지막 왕인 나보니도스가 페르시아군에게 잡히고 난 뒤, 그리고 페르시아 왕인 키루스가 바빌론으로 입성해서 자신의 승전을 축하하고 난 뒤에도 바빌론은 바빌론이었다. 아랍인들이 이 지방으로 들어오면서 바빌론은 정치적인 역할을 잃게 되었고 그 이름도 천천히 잊혀갔다.

헤로도토스와 성경이 기록한 바빌론은 후기 바빌론 왕국이 건재하던 기원전 7세기에서 6세기의 모습에 불과하다. 도시의 역사는 기원전 1700년경, 함무라비 왕이 살았던 바빌론 제1왕국 시절로 거슬러 올라간다. 유프라테스강을 끼고 있는 그 도시는 기원전 2000년경에는 이름 없는 작은 마을에 불과했다. 바빌론은 아무르인들이 메소포타미아 지방으로 이주해오면서 작은 마을에서 거대한 도시로 변해갔다. 그러나 오늘날 우리는 그 시절 바빌론의 모습을 알지 못한다. 지하 수면이 높이 올라와서 기원전 2000년경의 지층이 물에 잠긴 까닭이다. 함무라비 왕의 법전이 기록되어 있고 함무라비로 보이는 이와 태양신 샤마슈가 새겨진 섬록암이라는 이름의 검은빛을 내는 돌에 새겨진 함무라비비도 바빌론에서 발견된 것이 아니라 수자라는, 지금은 이란에 있는 폐허 도시에서 발견되었다. 전쟁 전리품으로 중엘람 왕국의 왕은 지파tribes에 서 있던 비를 수자로 가지고 갔다. 수자를 발굴한 모르강J. Morgan, 1857~1924이라는 프랑스 발굴자는 자신의 고국으로 다시 그 비를 가지고 갔다.

함무라비 왕의 이름과 함께 메소포타미아 전체를 지배하던 바빌론 제1왕국이 사라진 뒤에도 바빌론은 여전히 거대한 도시였다. 지금 터키 지방에 왕국을 건설했던 히타이트인들은 바빌론으로 들어와 도시를 부수었다. 바빌론을 부수는 일은 메소포타미아 지방 전체를 부수는 상징적인 힘을 가지고 있었다. 도시를 부수고 신전을 부수고 신전에 든 신의 그림을 약탈하는 일은 전 메소포타미아인을 모욕하고 약하게 만드는 일이었다.

폐허가 된 바빌론에 카시트인들이 들어왔다. 그들은 메소포타미아 지방에 500년이나 지속된 왕국을 세웠다. 그들은 옛 메소포타미아인들의 신을 자신의 신으로 삼았고 신전을 다시 지었으며 메소포타미아 문화에 동화되어갔다. 바빌론은 그때, 그들의 수도였다. 그들은 바빌론을 "영원한 도시, 성스러운 도시, 세계의 배꼽"이라고 불렀다. 메소포타미아 지방의 창조 신화 '엘루마 일리

쉬'는 바빌론의 주신인 마르두크가 티아마트를 갈가리 찢어서 세계에 걸어놓는 것으로 세계를 혼돈으로부터 구해냈다고 한다. 그 주신이 거주하던 도시, 바빌론. 북메소포타미아에서 왕국을 세운 아시리아인들은 바빌론을 점령하고 난 뒤 그들의 왕자를 바빌론의 왕으로 삼았다. 알렉산드왕도 원정 가운데 바빌론으로 들어왔으며 죽기 전에 다시 한번 이 도시로 왔다고 했다. 한 번 더 보기 위해서였다.

바빌론에 서 있던 거대한 지구라트와 바빌론이 어우르고 있던 많은 민족이 얽히고설킨 기원전의 복합 문화는 모든 고대인들이 동경했던 것이었다. 신전의 마당에는 신관들과 이방의 상인들이 들끓었고, 궁전에는 각 나라에서 온 외교관과 사절과 전리품과 아름다운 여인 들이 들끓었다. 벽옥빛 유리로 장식된 도시 성벽 사이로는 수많은 민족이 활기차게 돌아다녔다. 많은 언어와 많은 문화, 많은 종교가 한 도시에서 숨을 쉬었다.

이라크는 아직 전쟁이 끝나지 않았으며 그곳에 있던 많은 폐허 도시들은 위험에 처해 있다. 전쟁 당시에 폭격을 피할 수는 있었으되 전쟁 후의 도굴은 피할 수가 없기 때문이다. 이라크에 있는 그 많은 폐허 도시는 그 도시가 지니고 있는 기억을 우리에게 전해주지 못한 채 영원한 잊음의 세계로 들어갈 것이다. 누구든 잊힌다. 공룡도 그러했거니와 인간이라는 종도 언젠가는 잊음의 세계로 들어갈 것이다. 모두가 모두에게서 잊히는 것은 어두우며, 어둠은 견디기 힘들다. 우리는 잊음이라는 불길한 딱지를 지니고 이곳 지상으로 왔으나 잊음, 혹은 잊힘에 저항하는 존재도 우리가 아닌가. 공룡들은 그들의 종의 역사를 기록하지 못했으나 인간이라는 종은 아주 오래전부터 자신의 역사를 기록하기 시작했다. 잊음으로부터 벗어나기 위해 역사를 기록하는 존재는 역사를 기록하지 않는 존재보다 약하다. 그 약한 존재인 나는 기록되지 않고 잊힐 폐허 도시 앞에 서 있다. 그러나 브레히트의 말대로 누가 그렇게 수없이 파괴당했던 바빌론을 다시 건설하는가.

글쓰기, 라는 것의 시작

::

니 그, 바다 때깔, 보나, 니가 글을 쓸 줄 알게 되몬
그 때깔 이바구 먼저 써다고.

—1970년대 중반, 봄날, 할머니와의 대화 가운데

외할머니는 바다 옆에서 태어나 바다 옆에서 평생을 살았다. 할머니는 글을 읽거나 쓸 줄 모르는 이였다. 할머니가 살아 계실 적 나는 할머니의 치부책을 본 적이 있다. 치부책은 시커멓고 터덜거리는 종이를 잘라 실로 묶어놓은 것이었다. 가장자리는 이미 터덜거리고 한쪽이 궁글게 위로 들어올려져 있어 얼마나 자주 할머니가 그 책장을 들쳐보았는지를 알 수 있었다. 할머니의 울안에는 검은 돼지가 열 마리쯤 살고 있었다. 검은 돼지들은 우리 안에서 둥둥거리며 굴굴거렸다. 바다가 내려다보이는 곳에 자리잡은 돼지우리에는 돼지가 사는 냄새와 바다가 사는 냄새가 어우러져 아직 삶을 받지 못하고 바다에서 웅웅거리는 많은 생기운이 금방이라도 삶을 얻을 것처럼 그렇게 덜큰했다. 할머니의 치부책 첫

장에는 검은 돼지의 숫자와 그 돼지들이 낳은 새끼들의 숫자와 팔려나간 돼지의 숫자가 연필 글씨로 구불구불하게 적혀 있었다.

되지 가이 ㅣㅣㅣㅣㅣㅣㅣㅣㅣㅣ
되지 가이 먹구리네 ㅣㅣㅣ
가이 또방구 ㅣ
가이 점너머 무너미서방 ㅣㅣ

문맹인 할머니가 '되지 가이(새끼)'라는 말을 손수 적을 수는 없었을 것이다. 할머니는 치부책을 내게서 빼앗다시피 해서 다락에 얹어놓으며 옆에 있던 어머니에게, "저 아래, 점방집 아가 글이라고 쓸 줄 알아서 그리 쓰달라고 안 했나. 조개 한 구리 넘어 들었네, 지 에미가 그리 값을 쳐달라고 해꾸마. 이웃이라고 쥔 거 없다 보니 사납기는 들창에 갯바람 들 듯 안 카나. 그래도 더는 안 달라 카더라."

글을 읽거나 쓸 줄 아는 일은 우리가 살고 있는 지금에도 일종의 권력이다. 아직도 땅주인이 유럽인인 아프리카에서 자원봉사 대로 일하던 벗은, 영어로 쓰여진 문서를 읽지 못해서 땅주인에게 세 배 이상이나 소작료를 바쳐야 하는 농부들에 대하여 이야기를 하곤 했다. 문자가 없는 언어를 모어로 가진 사람들은 문자의 세계로 들어가기 위해 타인의 말을 배워야 하고 타인의 말을 배우고 쓰면서 자신의 말을 잊기도 한다. 어떤 말은 어떤 말보다 정치적인 힘이 커서 다른 말을 쫓아내기도 하고 정치적으로 힘이 약한 말이 모어인 사람들에게 모어는 짐이기까지 하다. 인간이 자신뿐 아니라 타인의 내면을 기록하기 시작한 지는 얼마 되지 않은 일이다. 기록자가 절대 화자인 고대인들의 글쓰기는 강력한 위계질서를 기반으로 하고 있다. 한 기록자가 사실 전부를 지배하고 있는 이 태도에는 글쓰기, 라는 것이 주술적인 힘을 가지고 있다는 고대적인 인식에서 비롯되며 그 주술의 힘을 타인하고 나누지 않으려는 '혼자서 말하는 자'를 수없이 태어나게 했다.

점토판에 새겨진 쐐기문자는 지금으로부터 6000년 전에 오리엔트에서 발생했고 지금까지 고고학계에 알려진 세계에서 가장 오래된 문자이다. 진흙을 이겨서 네모꼴의 판을 만들어 햇빛에 말렸다가 끌로 쐐기꼴 글자를 새긴다. 기억을 잡아두는 일, 기억을 기억이 생성된 순간 가까이로 잡아두기. 기원전 4000년경의 오리엔트인들은 그러나 지금, 이 지상에 존재하지 않는다, 다만 그들의 기억만이 고고학적인 사실로 존재할 뿐이다. 글쓰기의 시작은 그러나 어떤 추상적인 영역에서 출발하지 않았다. 글을 통하여 그들의 집단 기억인 신화나 서사시나 아니면 우리가 문학 예술이라고 부르는 개인적인 기억을 기록하게 되기까지에는 시간이 필요했다. 글쓰기는 우선 경제 문서를 쓰는 것으로부터 출발했다고 문헌학자들은 말한다.

바그다드에서 남쪽으로 270킬로미터쯤 떨어진 곳에 우루크라는, 지금의 이름은 와르카인, 폐허 도시가 자리잡고 있다. 기원전에는 유프라테스강이 바로 도시를 가로질러 흘러갔다고 하나 유프라테스가 강 흐름을 바꾼 지금에는 12킬로미터쯤 동쪽으로 가야만 강을 볼 수 있다고 한다. 성경의 「창세기」 10장에 에렉Erech으로 기록되어 있고 그리스어 Orche로 불리던 이 고대 도시를 문헌들은 고대 동방인들의 가장 중요한 성전 가운데 하나라고 전한다.

이 도시의 역사는 기원전 6000년경에, 그러니까 지금으로부터 8000년 전에 사람들이 살기 시작하면서 시작되었다. 문자를 발명했고 아랏타왕과 벽옥을 얻기 위해 전쟁을 했다는 전설 속의 왕 엔메르카며, 거대한 도시 성벽을 지었다는 길가메시며, 루갈반다라는 고대 수메르 왕기에 나오는 왕들이 살았던 곳이며, 무엇보다도 고대 동방 만신전의 근원을 이루는 안과 이난나라는 신이 사는 곳이기도 했다. 이난나라는 여신이 두무지라는 겨울 동안 지하 세계에 있던 남신을 봄이 시작되는 시기에 만나 해마다 올리는 성결 혼식은 농경이 경제 활동의 주축을 이루었던 고대 수메르 사회에서는 풍요를 기원하는 중요한 의식이었으며, 그 의식은 수메르인들이 고대 동방에서 정치적인 패권을 잃게 되는 기원전 2000년경까지 지속되었다. 이 우루크가 고향인 우루 제3왕국의 건설자인 우르남마는 기원전 2000년경에 우루크의 성전에다 거대한 지구라트를 세웠고, 그의 아들들인 우루의 왕들 역시 에안나 성전을 보수했으며, 그들의 자식들을 우루크로 보내서 제정관이 되게 하고 성전을 관리하게 했다. 바빌론 제2왕국의 왕들 역시 그렇게 했으며, 아시리아의 왕들도 이곳에다 신전을 건설했다. 수메르인들이 정치 무대에서 사라지고 난 뒤에도 오래된 수메르의 신들은 고대 동방인들에게는 태고의 신으로 남아 우루크에다 신들의 살 자리를 마련해주었다.

사진 : 우루크의 항공 사진.
출전 : 아미에, 『고대 오리엔트의 예술』, 그림 977.

영국의 측량사 로프투스는 기원후 200년경에 폐허가 된 이 도시를 1849년, 1852년에 방문했다. 그는 폐허에서 빛깔이 들어간 진흙으로 구운 못으로 이루어진 모자이크 벽을 발견하고는 그 자리에서 폐허 도시를 측량하기 시작했다. 그가 발견한 모자이크 벽은 기원전 4000년경에 지어진 우루크의 달력의 집이라 불리는 집의 벽이었다. 그가 우루크를 방문하고 난 뒤 폐허 도시에는 도굴이 들끓었고, 반세기가 넘은 1912년에서야 처음으로 독일 동방학회가 주관한 정식 발굴이 이루어졌으며, 발굴은 지금까지도 진행되고 있다(물론 전쟁으로 발굴은 중단되었다).

이 고대 도시의 깊은 문화 지층 안에는 세계에서 가장 오래되었다는 문자로 새겨진 점토판이 담겨 있었다. 우루크의 에안나(하늘의 집이라는 뜻) 영역에서 이루어진 깊이 발굴Deep Sounding : Tiefgrabung의 제4지층과 제3지층에서 점토판은 발굴되었다. 아직 청동으로 만든 도구를 쓰지 않던 시대, 고대 동방 고고학자들이 구리 시대라고 부르는 그 시대에 문자로 만든 문서를 사용할 만큼 발전한 복합 사회가 우루크에는 있었다. 대략 5,000개의 점토판이 발굴되었는데 그 가운데 85퍼센트가 경제 문서, 행정 문서였으며 나머지 15퍼센트는 낱말을 기록한 목록Lexical List : Lexikalische List이었다. 그들이 남겨둔 경제 문서는 사원과 궁전에 속하던 것이 대부분이었다. 대부분 목록 형식으로 표기된 문서 내용은 사원에 바쳐진 동물이나 곡식이나 과일이나 채소 등이 그 양과 함께 표기되어 있거나 사원이 그 대가로 누군가에게 지불한 물품의 목록이 대부분을 차지한다. 전설 속의 왕, 그리고 실재하는 역사 속의 인물이라고도 전해지는 길가메시가 살았던 시절보다 몇백 년 더 오래된 문서들은 그러나 사원에서 발견되지 않았다. 경제 문서로서 효력을 상실한 점토판은 파기가 되는데 파기가 되고 난 뒤, 집을 짓는 기초 공사를 할 때 지반을 단단하게 하는 재료로 사용되기도 했다. 많은 문서는 그러니까 그 문서들이 유효하던 시기가 아닌 그 시기가 지나고 아무도 문서의 유효성을 주장할 수 없었던 지층에서 발견되는 것이다.

목록을 만드는 일에는 문법이 필요 없다. 우루크 에안나 제4지층이나 제3지층에서 발견된 문서들에서 고대 언어의 문법을 발견할 수 없는 것은 당연하다. 사물의 이름과 숫자로만 이루어진 문서에서 문법을 담은 내용을 표기할 수 있을 때까지 또 몇백 년의 세월이 흘러야 했고, 그 세월 동안 그 시대의 흔적을 더듬어내는 것이 쉬운 일은 아니다. 그러나 15센트에 이르는 경제 문서가 아닌 낱말 목록이 적힌 문서를 들여다보면 고대인들이 세계를 기록하려고 했던 흔적을 엿볼 수 있다. 나무나, 직업 이름이나, 도시 이름 등이 빼곡하게 적혀 있는 이 문서들이 어떤 필요성 때문에 만

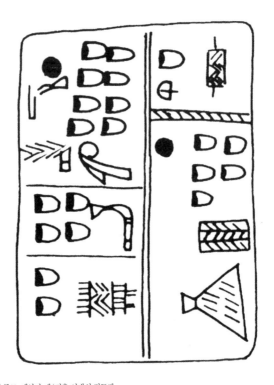

그림 : 우루크, 에안나 제4지층 시대의 점토판.
출전 : 니센H. J. Nissen, 『근동 고대에 대한 한 역사 요강Grundzüge einer Geschichte der Frühzeit des Vorderen Orients』, 1990년, 그림 20, f.

들어졌는지 지금의 우리는 모른다. 문헌학자들은 그 문서를 에둡바아Édubbaa, '점토판을 나누어주는 곳'이라는 뜻의 수메르어로 글쓰기와 수학을 가르치는 학교를 지칭한다의 학생들이 쓴 연습용 점토판이라고 짐작하기도 한다. 사물에 이름을 지어주고 그 이름을 반복해 외우는 길을 통하

그림 : 우루크, 에안나 제3지층 시대의 점토판.
출전 : 니센, 『근동 고대에 대한 한 역사 요강』, 그림 20, g.

여 아마도 그들은 세계와 자신과의 관계를 문자 안으로 끌어들이
려고 했는지도 모르겠다. 고정되지 않은 사물의 세계가 문자로 고
정되면서 나, 라는 존재 역시 문자 안으로 들어오는 그런 경험을
그들은 했는지도.

그림 : 텔로에서 발견된 우르난셰왕과 그의 자식들이 새겨진 돌판.
출전 : 아미에, 『고대 오리엔트의 예술』, 그림 324.

기원전 2500년경, 고대 동방 연대기로 후기 고대 왕조Early Dynasty
III : Frühdynastikum III에 들어와서야 격과 조사가 들어간 문장이 발견
된다. 그 문장들은 땅을 사고판 거래와 소유를 증명하는 문서들
과 만신들의 이름이 적힌 목록이나 수많은 직업 목록을 적어놓은
것에서 등장하며, 드디어는 짧기는 하나 이야기가 담긴 점토판이
발견되기도 하고, 왕의 비명이 적힌 벽돌이나 부조품이 전해지기

도 한다. 문장 안에 주어와 목적어가 구별되고 방향을 가리키는 조사가 사용되는 순간, 너와 나를 구별하며 이야기를 기록하는 인간의 역사는 시작된다. '내가 너에게로'라든가, '내가 누구를 위하여 어느 곳에'라든가, 하는 너와 내가 구별되고 아래와 위, 라는 인간의 머릿속에만 있던 관계들이 머릿속으로부터 나와 인간의 바깥에 존재하게 되는 그 순간, 그림이나 기호로만 표현되던 관계들은 더욱 명정한 옷을 입기 시작한다. 격과 방향을 나타내는 문법이 든 문장으로 쓰여진 땅 거래 문서는 그 땅의 소유자가 누구였고, 얼마에 그 땅이 팔렸으며, 그 땅을 산 사람은 누구였고, 그 거래가 진행될 때 증인은 누구였으며, 언제 거래가 발생했는지 기록할 수 있는 가능성을 열어준다. 또한 땅의 소유자가 분명해지고 소유자가 분명해진 땅 안에 소유자가 아닌 자가 들어가는 것은 자동적으로 금지된다.

그 시기 우르난셰라는 라가시 제1왕조를 세운 왕은 아들과 스스로를 새겨놓은 부조품을 남겼다. 그가 다스리던 도시 국가의 주신인 닝기르수에게 바쳐진 그 부조품에는 그의 아버지의 이름과 그의 이름과 아들들의 이름, 자신을 보호하는 개인신, 신전을 건축하기 위해 먼 곳, 지금은 페르시아만에 있는, 지금은 바레인이라고 불리나 옛 지명으로는 딜문이라고 불리는 곳에서 나무를 가

저온 사실이 적혀 있다. 이 짧은 비명 속에 '나'를 기록하기 시작하는 인간의 역사적인 순간이 몇천 년이 흐른 지금에도 명확히 잡혀 있다. 우르난셰의 자손들이며 라가시라는 도시 국가의 왕들 역시 자신들의 업적이나 이웃나라와의 전쟁 기록을 남겼다. 우르난셰의 손자이며 라가시의 왕인 에안나툼은 이웃나라인 움마와 치렀던 물 때문에 일어난 전쟁을 기록했다. 전쟁은 왜 일어났으며 어떤 신의 도움을 받아 몇 명의 적을 무찔렀고 전쟁이 끝나고 난 뒤 어떤 전쟁 기념물을 세웠는지도.

그 시대, 글을 읽거나 쓸 줄 아는 사람들은 참으로 적은 숫자에 불과했다. 글을 쓸 줄 알았던 그 시대 사람들이 어떤 독자를 향하여 글을 썼는지, 는 분명하지 않다. 라가시 제1왕조의 마지막 왕, 우루이님기나(혹은 우루카기나라고 불리기도 한다)는 진흙을 구워서 만든 커다란 못에 문헌학자들이 '우루카기나의 개혁 문서'라고 부르는 글을 남겼다. 그 글 안에는 전대의 왕들이나 관리들이 자신의 이익을 위하여 신들의 재산을 마음대로 사용하거나 가난한 이들을 억압한 사실들이 들어 있으며 자신이 원래의 상태로 그 모든 악업들을 돌려놓았다고 기록했다. 말하자면 자신의 선한 정치를 기록한 선전 문서인데, 이 글이 들어 있는 못을 신전이나 궁전의 벽에 박아넣어두었다. 그러니까 바깥에서는 글자를 새겨넣지 않은 못 머리만 보이도록 한 것이다. 문헌학자들은 이 글을 신에게 바치는 봉헌 문서라고 말하기도 한다. 신에게 바쳐진 그 글은 신들 말고는 누구도 읽을 수가 없다. 신만이 독자인 이 간힌 체계 안에서 통신은 그 글을 쓴, 혹은 쓰게 만든 나와 신만이 존재하는 세계이다. 한 인간의 의지는 신이라는 절대성을 향해서만 존재하며 그 절대성을 타인과 나누려고 하지 않는다. 이때 글을 쓴다는 행위는 일종의 간힌 세계에서 진행되는 의례이며 글로 고정된 세계에 주술을 부어넣어 그 세계가 영원히 지속되기를 바라는 것이다.

고바빌론 시대인 기원전 2000년경 중반에 고대 동방인들은 수메르인들이 남긴 문서들을 수집해서 다시 정리하기 시작했다. 그 무렵, 수메르어를 쓰는 이들은 고대 동방의 정치 무대에서는 사라지고 없었고 셈어 계통의 언어를 쓰는 이들이 정치 무대에서 권력을 휘두르고 있을 때였다. 그러나 그들에게 수메르의 문자와 언어는 그 당시 글을 쓸 줄 알았던 이들에게 신성한 문자였으며 종교 제전을 행할 때 사용되는 언어이기도 했다. 그들이 수집한 문서를 통하여 우리는 지금 수메르인들이나 아카드인들이 남긴 글들을 읽을 수 있다. 그 가운데에는 왕을 찬양하는 찬양가가 있는가 하면 사원을 찬양하는 시들이 있기도 하고 서사시라고 불릴 수 있는 형태의 글들이 있기도 하다. 아마도 고바빌론인들은 수메르인들이 살던 시대의 기억을 수집하는 과정을 통하여 기억의 지속, 기억이 역사화되는 것을 바랐는지도 모르겠다. 고대 바빌론의 학교에서는 수메르어를 가르쳤으며 학생들은 수메르인들이 남긴 글을 베꼈고 그 베끼는 과정을 통하여 쐐기문자를 익혔다. 수학을 마치면 그들은 신전이나 궁전을 위하여 일하는 서기관이 되어 그 시대, 글을 쓸 줄 아는 사람들이 누렸던 권력의 세계로 들어갔다.

경제 문서나 행정 문서를 쓴 서기관들의 이름은 지금까지도 전해진다. 문서 말미에 그들은 자신의 이름이 든 도장을 찍어두었다. 그러나 고대 동방인들이 남긴 문학적인 형태의 글에는 누구도 자신의 서명을 적어놓지 않았다. 우리는 그런 서사시들을 쓴 이들이 누구인지를 모른다. 한 인간이 문학적인 기록을 하면서 개인 서명을 쓸 수 있을 때까지 인류가 보내야 했던 시간은 또한 참으로 길었다. 목록에서 문법이 들어간 문장을 쓸 수 있을 때까지 들었던 시간보다 더 긴 시간이. 개인 서명을 할 수 있을 때까지 인류가 치러야 했던 살육은 거칠고도 처참했다. 그리고 자신뿐 아니라 타인의 내면을 기록할 수 있기까지, 또한 오랜 시간이 걸렸다.

이 글을 시작하면서 할머니가 글을 쓸 줄 모르는 분이었다고 썼다. 이 글의 마지막에 나는 내 할머니가 어린 나를 데리고 바닷가로 나간 기억을 불러오려고 한다. 우리는 어느 봄날 바다로 산책을 나갔다. 봄빛이 아련한 그 바닷속에는 새 바다풀이 돋아나고 있었다. 할머니는 바닷빛을 한없이 들여다보았다. 그러고서 문득 나를 바라보았다.

"니 그, 바다 때깔, 보나, 니가 글을 쓸 줄 알게 되몬 그 때깔 이 바구 먼저 써다고."

나는 그 순간 할머니가 보던 바닷빛을 내 가슴에 끌어넣은 것 같다. 자신의 이야기를 자신의 손으로 기록하지 못하는 아직 고대에 머물러 있던 할머니가 바라보던 바닷빛을, 바닷빛을 그토록 들여다보는 삶의 한순간을 기록해야겠다고 생각한 것 같다. 일렁이는 바다, 그때 그 순간의 바닷빛을 나는 어떻게 기록할 것인가. 그 당시 할머니의 치부책에 들어 있던 돼지의 숫자는 기억나는데 할머니가 빛을 바라보던 순간은 어떤 환한 빛으로만 남아 있을 뿐. 나는 아직도 할머니를 고대에서 불러내지 못하고 있다.

애거사 크리스티와 고고학

::
"그 여자는 어떤 사람이었어?" 프와로가 물었다.
"아마도 기원전 1000년경에 살았던 고상한 여인, 그런데, 해골 좀 봐, 좀 이상해.
메르케이도가 살펴봐야겠어, 내가 보기에, 이 여자, 자연사한 것 같지는 않아."
"2000년 전의 미세스 레이드너?" 다시 프와로가 물었다.
"아마도……"
— 애거사 크리스티, 『메소포타미아에서의 살인』에서

20세기 초반에 오리엔트를 방문했던 유럽인과 20세기 후반에서 21세기 초반에 오리엔트를 방문하는 동아시아인의 자의식은 아마도 다를 것이다. 오리엔트 특급 열차 편으로 런던에서 바그다드로, 그곳에서 다시 연결선을 타고 오리엔트의 각 지역으로 들어갔던 유럽인들에게 오리엔트는, 그렇게 자주 에드워드 사이드가 비판하듯, 이국적인 문화에 대한 동경과 식민지 지주로서의 자부심으로 바라보던 곳이었다. 유럽과 오리엔트의 역사는 얽히고 설켜서 서로가 서로의 얼굴을 들여다보면 마치 먼 곳에서 각각 다른 양부모에게서 자라난 쌍둥이의 얼굴을 하고 있다, 는 느낌을 동아시아인으로 중부 유럽에서 살아가는 나는 가끔 받는다. 그들이 겪었던 종교 분쟁들, 전쟁들, 문화 갈등, 그런 것들은 한 치의 양보도 없고 뒤로 물러설 틈 없이 서로를 주장했던 결과라는 생각……

그러나, 동아시아인에게는 그런 역사적인 경험이 없으므로, 그는 자신이 겪은 역사로부터 오리엔트를 들여다본다. 역사적인 경험이 그리 많이 교차되지 않아 선연히 여행객으로서 오리엔트를 바라볼 수도 있으련만, 그러나 동아시아인은 자신의 역사적인 감각으로 오리엔트를 바라본다. 가난한 나라, 수많은 군인이 거리에서 어슬렁거리는 나라, 아이들이 학교를 가지 않고 거리에서 일을 하는 나라……

발굴지 에마르로 가기 위해 알레포 공항에 내려서는 하루 동안 알레포에 머무르기 위해 호텔에 짐을 푼 동아시아인은 어느 여행객들이 하듯 배낭에다 여행 길잡이 책 하나와 차가운 물이 든 물병을 넣고 호텔을 나선다. 기온은 50도 가까이, 호텔에서 시장을 지나 바자를 지나는 동안 동아시아인은 도시 곳곳에 넘치듯 끓고 있는 햇빛과 쓰레기를 우선 관광한다. 그리고 알레포 내성 보루. 관광객이 많이 모여드는 알레포 보루성 앞에는 아이들이 어슬렁거리고 있다. 아이들은 물동이 하나와 도마 하나, 작은 칼을 지니고 있다. 관광객이 지나가면 아이들은 관광객을 불러 세워 물동이 안에 든 선인장 열매를 팔려고 한다. 어수룩한 관광객인 동아시아인은 아이들에게 붙잡혀서 그 시큼한 열매를 사야 한다. 아이는 칼로 잽싸게 껍질을 벗긴 선인장 열매를 도마에 성둥성둥 썰어서는 동아시아인에게 내민다. 눈을 찌르는 듯한 오후의 햇빛 아래에서 동아시아인은 열매를 먹는다. 미각의 저 너머에는 1970년대 초반, 독재와 경제 건설의 팥죽 솥이 들끓던 작은 나라의 한 시절이 마치 부푼 풍선처럼 솟아오른다. 열매를 깨물어 들큰하면서도 시큼한 맛이 목구멍으로 넘어가는 순간, 정치적인 회상만이 가득한 제 머리를 동아시아인은 쥐어박고 싶다. 단 한순간이나마 동아시아인은 가벼워질 수 없을까, 나와 직접적으로 관계가 없는 많은 일에서부터 머리를 자유롭게 풀어 발굴지로 가고 싶다. 그 도시의 호텔 잠자리에서 동아시아인은 애거사 크리스티의 책을 읽는다. 『메소포타미아에서의 살인』. 한 발굴지에서 발굴 팀장의 부인은 살해당한다……, 발굴팀 모두가 혐의를 받고 있다……, 호텔 바깥에는 새벽이 되도록 차 소리가 끊이지 않았고 호텔 바깥에 있는 쓰레기 처리장에서 나는 냄새로 코는 이미 기능을 상실해버렸다.

  애거사 크리스티1890~1976의 탐정소설을 읽은 사람이라면 그녀가 멜로원M. Mallowan, 1904~1978이라는 유명한 고고학자의 부인이라는 것도 기억할 것이다. 그녀가 쓴 많은 탐정소설은 메소포타미아와 이집트의 발굴지를 배경으로 하고 있다. 그녀는 오랫동안 남편과 함께 메소포타미아 지방을 발굴했다. 멜로윈은 옥스포드의 뉴컬리지에서 공부를 하고 남이라크에 자리잡고 있는, 구약, 창세기에 의하면 아브라함의 고향이라는, 우르의 발굴자로 유명한 울리를 도와서 우르를 발굴했다. 아마도 멜로윈이 애거사 크리스티를 만나지 않았다면 그는 우르에 머물렀을 것이다. 우르 제3왕국의 창건자인 우르남마의 지구라트가 지금도 서 있는 우르는 수메르인들이 오리엔트에서 도시와 왕국을 건설할 당시에는 항구 도시였다. 항구 도시는 고대에도 현재와 마찬가지로 수많은 외인과 물품이 오가는 장소였으며 부를 가져다주는 장소였다. 이 항구를 바탕으로 우르는 고대 수메르인들이 그들의 발자취를 남긴 곳이다. 고수메르 시대로 연대가 매겨지는 왕릉이 발견된 곳으로도 유명한 우르는 남메소포타미아 지방에서는 가장 오래된 도시 가운데 하나이다. 이 왕릉에서 발견된, 지금은 대영박물관에 보관되어 있는 유물들은 근대 동방 고고학이 발굴해낸 가장 아름다운 유물에 속한다. 벽옥으로 장식된 악기며 칼이며 하는 것들은 그 당시, 그러니까 기원전 2500년경에 아프가니스탄으로부터 벽옥을 수입한 사실까지 우리에게 전해준다.

달의 신인 난나를 주신으로 섬겼던 그 도시는 우르 제3왕국의 두번째 왕인 술기가 이란 너머까지 왕국을 넓혀갈 무렵인 기원전

2200년경에 왕국을 빛내던 수도였으며 250미터에서 400미터까지 추정되는 사원 성역을 지키던 거대한 성벽이 서 있던 곳이기도 했다. 이 도시를 발굴한 영국의 고고학자인 울리와 그의 팀은 이 도시에서 구약에 기록된 대홍수의 설화를 사실로 증명하고자 했다(그 시대 유럽의 근대 동방 고고학자들은 모두 다 구약의 기록을 사실로 증명하고자 했다. 메소포타미아 각지에서 발굴된 강의 퇴적물로 이루어진 진흙층을 그들은 대홍수 층으로 해석하려고 했다). 이 폐허 도시의 가장 깊은 지층에서 발굴된, 오베이드 지층(기원전 5000년에서 기원전 4000년경으로 추정되는 문화 지층) 밑에는 진흙 지층이 있었는데 그들은 이 진흙 지층을 대홍수의 지층으로 본 것이다. 그러나, 그들이 보고자 한 것과는 달리 설화가 전하는 것만큼 거대한 홍수가 메소포타미아 전 지방을 휩쓴 흔적은 고고학적으로 증명되고 있지 않다. 우르라는 도시는 엘람인의 공격으로 왕국이 망하고 난 뒤에도 후대 메소포타미아 지방을 정치적으로 지배한 이들로부터 경배를 받았다. 그러나 지금 우르는 군사적 요충지에 가까이 자리잡은 까닭으로 이라크 전쟁이 일어난 뒤에는 접근하기 위험한 곳 가운데 하나이기도 하며 첫번째 이라크 전쟁 때는 이라크 정부가 복원해 다시 지은 지구라트가 폭격을 맞기도 했다.

1930년 애거사 크리스티는 이곳, 우르를 방문했다. 그녀가 쓴 탐정소설의 팬인 울리의 부인이 그녀를 우르로 초대한 것이다. 울리의 부인은 애거사 크리스티에게 발굴장을 소개하는 일을 발굴 조교로 일하던 멜로윈에게 맡겼다. 그 까닭으로 만난 두 사람은 사랑에 빠지고 열네 살이라는 나이 차도 아랑곳없이 결혼을 했다. 그때 애거사 크리스티의 나이는 마흔이었다. 결혼을 하고 난 뒤 멜로윈은 울리의 발굴지인 우르를 떠날 수밖에 없었다. 울리의 부인은 질투가 심하고 항상 두통을 앓고 있어 신경질이 많은 이였다고 한다. 그녀는 자기 남편의 발굴지에 애거사 크리스티라는 다른 여성이 끼어드는 것을 못 견뎌 했다(『메소포타미아에서의 살인』에서 살해당하는 발굴 팀장의 부인인 미세스 레이드너는 울리의 부인인 카트린이라고 말하는 이들도 있다. 실제로『메소포타미아에서의 살인』에 등장하는 미세스 레이드너처럼 카트린도 이혼한 경력이 있으며 전남편이 수수께끼에 휩싸인 채 죽음으로 향했다고 한다). 멜로윈은 우르를 떠날 수밖에 없었다. 우르를 떠난 뒤 멜로윈은 니네베와 아파라치야, 샤가 바자르, 님루드, 텔브락 등등 수많은 메소포타미아의 유적지를 발굴했다. 그의 뒤에는 애거사 크리스티가 있었다. 애거사 크리스티는 발굴 현장에서 발굴팀들을 도와서 사진을 찍거나 발굴 숙소를 관리하거나 아랍인인 발굴팀 요리사에게 영국인들이 즐기는 럼케이크를 굽는 일을 지시하거나 탐정소설을 쓰는 일을 했다. 그때의 경험이 애거사 크리스티의 후대 소설을 가능케 한 것이다.

애거사 크리스티가 멜로원과 함께 오리엔트 발굴지에 있을 때, 그녀는 언제나 영국에 있는 것처럼 생활을 했다. 치마와 모자와 핸드백과 양산 차림으로 뜨거운 발굴장을 오갔던 그녀는 발굴 숙소 역시 영국식으로 꾸려나갔다. 꽃으로 장식된 식탁에는 뜨거운 차와 차에 넣어 마실 우유가 준비되어 있었고 요리사들은 영국식으로 음식을 준비했다. 발굴팀은 오리엔트에서 일을 했으나 오리엔트의 현실로부터는 철저히 거리를 유지했다(애거사 크리스티 소설에 등장하는 고고학자들 역시 정치와는 무관하다. 그들은 발굴에 속해 있거나 그들의 개인 문제에 속해 있는 사람들이었다. 애거사 크리스티의 눈에 이상적인 고고학자로 보여지는 인물은 그러므로 현재에서 일어나는 일과는 적당한 거리를 둔, 학문 그것 자체에 뜨거운 열정을 지닌 사람들이다. 그들은 과거와 현재를 연결하는 문화 작업을 하고 있지만 그들이 연결시키는 과거는 현재와는 아무런 상관이 없는 과거이다. 학문을 향한 뜨거운 열정은 현재의 사실에 대한 냉정함이 바탕이다).

셰익스피어의 글보다 더 많이 읽혔다는 수사적인 문구가 언제나 따라다니는 애거사 크리스티의 소설은 그러나 구조의 단순성과 선과 악을 분별하는 뚜렷한 이중성, 등장인물들의 심리적인 움직임을 단순하게 그리는 것으로 비난을 받기도 했다. 애거사 크

사진 : 애거사 크리스티와 그녀의 남편이자 고고학자인 멜로원.
출전 : 트륌플러C. Trümpler, 『애거사 크리스티와 동방 범죄학과 고고학Agatha Christie und der Orient, Kriminalistik und Archäologie』, 에센Essen, 2000년, 46쪽.

리스티 소설의 세계는 젠트리Gentry의 세계를 바탕으로 한다.* 젠트리에 속한 계층은 아마도 제인 오스틴의 소설에 자주 등장하는 것처럼, 거대한 땅을 소유하고 있으며 그 부를 바탕으로 좋은 교육을 받고 세계를 여행하며 언제라도 엘리트 계급에 낄 수 있는

* 자우어바움U. Suerbaum, 「사회 수수께끼. 애거사 크리스티 탐정소설의 구성Gesellschaftsrätsel. Die Konstruktion des Detektivromans bei Agatha Christie」(트륌플러, 『애거사 크리스티와 동방 범죄학과 고고학』).

사진 : 심플론 오리엔트 익스프레스의 포스터(1927년).
출전 : 트륌플러, 『애거사 크리스티와 동방 범죄학과 고고학』, 279쪽.

사람들의 세계를 의미한다. 그러나 애거사 크리스티가 글을 쓸 무렵, 젠트리의 세계는 거의 사라져가는 세계였다. 그녀는 그 세계를 자신의 탐정소설의 축으로 놓는다. 그 사라져가는 세계의 끝머리에서 그 세계를 계속 붙잡고 있는 그녀의 소설을 들여다보고 있으면 역사성이 거세당한, 아니 거세당하는 것을 스스로 택한 한 계층이 가십의 세계로 함몰되고 있는 느낌을 받는다. 그녀가 오리엔트를 방문할 그 당시, 오리엔트를 휘어잡고 있던 식민지의 역사는 그녀의 소설에서는 드러나지 않는다. 다만 젠트리들과 그들 주위를 휩쓸고 있는 가십만이 있을 뿐이다.

그들은 그들이 영국에 있을 때 가지고 있던 여러 가지 개인적인 문제와 함께 오리엔트로 들어온다(그러므로 오리엔트의 문제는 그들의 문제로 등장할 수 없다. 그들은 그들의 문제로 머리가 복잡하다). 그러곤 오리엔트라는 무대 장치를 배경으로 몰락하는 젠트리적인 삶을 재현하고 있다(그러나 아이러니하게도 애거사 크리스티의 소설은 명랑하다). 언제나 내 문제에만 골몰하는 자의식이 거의 속물에 가까운 인간형들은 그녀의 탐정소설 가운데 어떤 정교하게 구성된 퍼즐의 일부이다. 재정적인 어려움에 놓여 있는 등장인물은 소설 속에서 범인으로 쉽게 혐의를 받으며 부자인 아버지의 사랑을 받지 못한 이들 역시, 그런 이유로 혐의를 받는다. 범인들이 범죄를 저지르는 이유는 대부분 돈 때문이거나 개인적인 복수 때문이며 살인 사건이 일어나는 배경에는 간통이나 사기나 미움이나 하는 정치성이 거세된 개인 동기만이 있다. 그 퍼즐의 일부에 독자들은 자기를 반영하지 않아도 된다. 그리고 오리엔트에서의 발굴이라는 무대까지 마련되어 있으므로 퍼즐의 메뉴는 더욱 다양해진다.

범인을 가려내는 일과 발굴을 하는 일은 어떤 면에서는 방법적으로 동일할런지도 모른다. 둘 다, 어떤 특별한 상태에서 진행된 사건의 원인 규명을 목표로 하고 있기 때문이다. 탐정이 수사를 할 때 사건은 이미 일어난 이후이다. 고고학자의 발굴도 마찬가지이다. 어떤 도시나 촌락에서, 이미 그 당시 사람들이 사라지고 난 뒤, 고고학자는 발굴을 시작한다. 탐정이 사건 현장에서 얻을 수 있는 단서들이 조각조각인 것처럼 발굴지에서 고고학자가 과거와 만나는 그림 역시 조각이 나 있다. 조각조각인 과거에 만들어진 단서를 놓고 사건을 현재 속으로 재구성하는 기술도 마찬가지이다. 고고학자가 자신이 발굴하는 1미터 곱하기 1미터 발굴지에서 1센티미터 깊이 사이사이로 변해가는 땅 빛깔을 관찰하는 일과 탐정이 현장에서 발견한 발자국의 깊이를 통하여 범인의 몸무게를 가늠하는 멘탈은 거의 동일하다. 땅을 파내려가면서 차츰 드러나는, 언젠가 사람들이 살았던 집의 단면도를 바라보면서, 그리고 담이 무너진 방향과 담 벽돌의 빛깔을 바라보면서 왜 이 집이 이런 형태로 망가졌는지, 그리고 추론된 결과를 바탕으로 사실을 재현하는 고고학적인 방법의 구도는 현대의 여느 범죄 수사 방법과 다르지 않다. 인과론적으로 맺어진 관계의 고리로 어떤 세계의 수수께끼를 풀려고 하는 방법은 그러나 모든 수수께끼를 풀어주지는 못한다. 인과성을 비껴가는 우연에서 빚어진 많은 그림자가 모든 일의 언저리를 어슬렁거리고 있기 때문이다. 탐정이 우연으로 빚어진 거짓 단서 앞에서 절망하는 것처럼 고고학자도 인과적인 고리 안으로 들어오지 않는 많은 고고학적 단서 앞에서 신경질을 부린다. 애거사 크리스티의 소설에 나오는 유명한 탐정인 프와로는 자신의 탐정 작업 방법을 고고학적인 발굴 방법에 곧잘 비교한다.*

언젠가 나는 발굴에 참여한 적이 있지요. 그리고 그곳에서 뭔가를 좀 배웠습니다. 발굴을 하면서 무언가가 나온다 싶으면 그 주위에 널려 있는 것들을 일단 깨끗하게 치워야 합니다. 지저분하게 널려 있는 흙을 치우고 마침내 발굴되는 것이 눈에 보이게 될 때까지 이곳저곳을 긁어봅니다. 발굴되는 것을 그림으로 그리고 사진을 정확하게 찍기 위해서이지요. 그 방법을 저는 수사할 때도 사용합니다. 사실에 속하지 않는 것들을 옆으로 치우고 사실만을 드러내기 위해서지요.

— 『나일강변에서의 죽음』에서

그러나 고고학은(만일 우리가 고고학을 인문학이라고 해석한다면) 결정적인 순간에 탐정소설과는 아주 다른 길을 간다. 탐정소설이

---

* 파트첵Patyek, 하우제스Hauses, 두데Dudde, 「탐정과 고고학Der Detektiv und der Archäologie」(트뤼플러, 『애거사 크리스티와 동방 범죄학과 고고학』, 393~394쪽).

범인을 잡으면서 끝을 맺는 것과는 달리 고고학은 유물을 발굴하고 그 유물 안에 든 사실들을 해석하면서 학문으로서의 역할을 시작한다. 우리는 이 유물을 통하여 발굴된 과거를 어떤 복합체로 우리의 현재를 통하여 해석할 것인가, 하는 물음, 그 물음을 통하여 고고학은 인문학으로서 자기의 길을 간다. 그 물음의 중립성이 인문학으로서 고고학이 살아남을 수 있는 열쇠이기도 하다.

『메소포타미아에서의 살인』을 읽고 있던 알레포의 밤을 뒤로 두고 에마르라는 폐허 도시로 들어가는, 하루에 한 번 있는 버스에 올라탄 동아시아인은 등에 짊어지고 있던 배낭을 받아주는 현지인들에게 슈크란, 이라는, 고맙다는 이 나라 말로 인사를 한다. 해는 뜨겁고 길은 해 뜨거움으로 어질거린다. 과거를 발굴하는 일을 왜, 하는가, 라고 동아시아인은 스스로에게 묻는다. 그러고는 고개를 흔든다. 애거사 크리스티 세계의 사람처럼 자기 목적적이었으면 싶다. 동아시아인은 관개 공사로 목화를 심을 수 있을 만큼 물을 얻게 된, 몇십 년 전만 하더라도 초원이었다는 이 지역을 바라본다. 군데군데 해바라기가 커다란 얼굴을 들고 해 아래 서 있다. 아직 길은 멀다는 생각.

'그들'과 '신들', 그리고……

::

기원전 2000년대 고대 근동의 신들을 위한 어떤,

혹은 한 역사를 쓰기 위한

(오, 얼마나 많은 신이 그곳에 살았고, 잊혔고, 그리고 현재 속으로 다시 불려졌는가!)

—작은 메모 몇 개

1

고대 동방에는 많은 신이 살았다, 아니 산다(1990년대 초, 기형도의 유고 시집 『입 속의 검은 잎』의 해설 속에서 김현은 한 인간이 이 지상에서 사라지는 두 단계를 그린 적이 있다. 첫번째는 한 인간의 생물학적인 죽음, 두번째는 죽은 이를 기억하는 모든 인간들의 생물학적인 죽음. 그러나 기억을 기록한 자취가 이 지상에 남아 있는 한, 누구도 이 지상에서 사라지지 않는다. 신의 역사 역시 인간의 역사와 다르지 않을지도 모른다. 신들의 역사를 기록하는 인간이 있는 한 신들은 사라지지 않는다, 라고 우리는 말할 수 있을 것이다. 그들은 언제나 현재형이다. 젊은 나이로 타계한 한 시인이 언제나 현재형이듯, 그리고 그 시인의 시집에 해설을 쓴 이가 언제나 현재형으로 그의 텍스트 속에서 살아가듯).

그러나 그 신들은 이 지상에서 현재형으로 살지 못한다. 아무도 그들을 위하여 사원을 다시 짓지 않고 그들에게 재물을 바치지 않는다. 그들이 살았던 사원은 아주 오래전에 폐허가 되었으며 그 신전에 봉헌되었던 신상이나 신물들은 유럽이나 미국 박물관의 유리관 속에서 박물관을 찾아오는 이들에게 눈요깃거리가 되었다. 그들을 모시던 인간들이 이 지상에서 사라지는 것과 같이 이 지상에서 현재성을 상실한 이 신들은 어쩌면 신성이 아니라 인간성을 지니고 있다, 라고 우리는 말할 수 있을 것이다. 신이 어떤 영원성을 상실하고 사라져간다는 것은 무엇인가. 이건 인간의 자연에 속한 일이다. 신의 자연이 인간의 자연과 같다는 것은 무엇인가.

2

수많은 민족 집단(지금을 살아가는 우리가 사용하는 정치 사회 용어로서의 '민족'이라는 말은 인종이나 국가나 하는 말처럼 정치에 오염된 말일 것이다. 민족이라는 말을 할 때, 나는 수없이 망설인다. 그러나 나는 민족이라는 현대 용어를 대체할 수 있는, 그리고 그 당시의 집단을 정의할 수 있는 말을 아직 알지 못한다. 다만 혼동은 피하고 싶다. 고대 동방학계가 20세기 초에 벌였던 인종 차별과 반셈주의, 반유대주의를 배경으로 한 수메르인과 아카드인에 관한 논쟁을 아직 기억하고 있기 때문이다. 흔히 그 당시 유럽학자들이 쓴 단어 가운데 하나, "아카드인의 코"라든가, "수메르인들의 머리 빛깔"이라든가 하는 '말 아닌 말'이 어떤 정치 집단에 의해서 사용되었는지, 지금 우리는 잘 알고 있다)이 들어오고 사라지고 했던 기원전의 오리엔트는 그 민족 집단들이 섬기던, 민족 집단의 수만큼 많은 신이 살았다.

유일신을 모시는 거대한 종교 체계가 오리엔트를 뒤덮기 전까지 고대 동방의 신들은 그들의 크거나 작은 도시 국가에서 만신전을 이루며 살았다. 이 만신 체계는 어떤 의미에서는 현재, 그곳에서 살아 움직이고 있는 유일신 체계보다 더 많이 '인간의 개인성'을 존중하고 있다, 는 느낌을 준다. 더욱이 그 신들은 퍽이나 인간적이어서 인간만큼, 혹은 인간에 가까운 실수를 많이 한다. 길가메시 신화에 나오는 신들은 대홍수로 인간을 이 지상에서 없애려고 했으나 인간이 없어지고 난 뒤 누구도 그들에게 재물을 바치지 않는다는 것을 깨닫는다. 대홍수의 와중에서 살아남은 인간이 바친 재물을 보고는 마치 굶주린 파리떼처럼 그들은 달겨든다. 그들은 인간이 있어야만 그들이 존재할 수 있다는 것을 알았던 많지 않은 신들 가운데 하나이다. 고대 동방 만신전은 고대 그리스 신화가 그러하듯 신들이 가족을 이루고 있다. 아버지와 어머니와 아들과 딸로 이루어진 만신전에는 신들을 인간화시키고 그 신들과 운명을 같이해온 인간의 역사가 들어 있다.

지금보다 여름에 비가 많이 내렸다는 기원전 4000년경에서 3000년경의 오리엔트 지방은 농경이 제일로 중요한 경제 활동이었다. 사회 경제학자 비트포겔은 고대 오리엔트를 관개 농사를 바탕으로 한, 즉 물 경제를 바탕으로 한 사회 구조로 해석하고 물이 국가 권력을 발생하게 한 원천이었다고 주장했으나, 1970년대에 오리엔트 지방을 탐사했던 아담스와 니센은 집중적으로 관개 작업이 일어나기 전부터 고대 오리엔트에는 지금 우리가 국가, 라고 부르는 형태의 중심부가 존재했다는 것을 입증했다. 보리와 밀 농사를 짓고 양과 염소를 길러 그에서 나는 털로 옷감을 지으며 양파와 마늘, 대추 농사를 지었던 고대 오리엔트의 사람들에게 자연은 그들의 길잡이이자 두려움의 대상이었고 변덕을 부리는 아이와 같으며 성난 짐승이자 슬기로운 노인과 같았다. 그들은 자연을 신으로 섬겼고, 그 신들을 자연에서 떼어내어 그들에게 인간의 형상과 비슷한 형상을 주고 도시에다 집을 마련해주었다(아마도 누군가는 거꾸로 신이 인간에게 신과 가까운 형상을 부여했다고 말할 수도 있을 것이다).

중부 이라크에 자리잡고 있는 아부 살라비히라는 고대 유적터에서 발견된, 기원전 2500년경으로 추정되는 신의 이름이 기록된

그림 : 수자에서 발굴된 나람수엔의 원정비(뿔이 달린 모자를 쓴 이가 나람수엔 왕).
출전 : 아미에, 『고대 오리엔트의 예술』, 그림 49.

수메르어 목록에는 의자나 탁자, 옷, 신발, 농기구나 하는 작은 물
건들이 신 목록에 올려져 있다. 탁자신, 의자신, 옷신, 신발신, 호
미신, 낫신 들은 자연으로부터 본뜬 추상화된 기능이 부여된 신들
과 나란히 인격을 부여받고 목록 안에 들어 있다. 그와 비슷한 시
기에 쓰여진 것으로 추정되는, 역시 중부 이라크 지방에 자리잡고
있는 유적터 파라(옛 지명은 수루팍)에서 발굴된 경제 문서 속에는

그 고대 도시의 주신 '수드'의 이름이 전해져 내려온다. 아마도 그 이전, 아주 오래전부터 사람들이 무리를 이루고 살아가기 시작하면서 그 무리를 보호하고 지키는 수호신, 같은 것이 늘 있어왔을 것이다. 그러나 전해지는 문헌에 의하면 기원전 2500년경, 그 당시 고대인들이 신들 세계의 질서를 지상의 정치 질서 속으로 들어앉히려고 했다는 것을 짐작할 수 있다. 아부 살라비히와 파라에서 발굴된 문서보다 조금 더 늦은 시기로 연대가 매겨지는, 남이라크에 자리잡고 있는 옛 도시 국가 라가시의 수도였던 텔로(옛 지명은 기르수)에서 발굴된 1,500개가 넘는 점토판에는 그 도시의 주신인 닝기르수의 아내이자 여신인 바바(혹은 바우라고 불리기도 한다)를 섬기던 사원의 경제 활동 기록이 전해져 내려온다(이 점토판들은 도굴로 발굴되었다. 도굴자들은 이 점토판을 유럽의 박물관과 러시아의 박물관에 팔았다). 그 시기에는 작은 도시 국가들이 오리엔트의 곳곳에 자리잡고 있었으며 서로 경쟁하는 전국 시대였다. 라가시와 우르와 우루크와 움마라는 도시 국가가 남쪽에 자리잡고 있었고, 키시와 아답이 북쪽에 있었고, 지금 시리아에 자리잡고 있는 마리와 에블라는 아답보다 더 북쪽에 자리잡고 있었다. 각각의 도시 국가들에는 그들이 섬기던 주신이 있었고, 도시 국가 간의 갈등은 흔히 신들의 갈등으로 묘사되곤 했다. 왕들은 왕자로서의 정통성을 주장하기 위해 신들의 이름을 빌렸다. 어떤 신으로부터 어떤 왕자로서의 덕을 받았는지, 왕들은 충직하게도, 마치 여름방학 일기를 쓰는 아이들처럼 그들의 비명 속에 일일이 적어두었다.

3

고고학적인 사실, 이라는 거창한 말 속에는 발굴의 우연이라는 작은 괄호가 언제나 들어 있기 마련이다. 어떤 유적터는 다른 유적터보다 많은 유물을 안고 있으며 또 어떤 유적터는 자신의 과거를 발설하는 아무런 유물을 전해주지 않는다. 아무리 찬란한 과거를 가지고 있다 하더라도 발견되지 않은 과거는 고고학적인 사실로 들어오지 않는다. 우리가 알고 있는 고대 근동은 발굴이나 도굴을 통하여 발견된 조각 사실에 불과하다. 고고학적인 조사를 통하여 얻어지는 과거는 그러므로 언제나 잠정적인 결론만을 우리에게 알려준다. 고고학적인 결론이란 '지금까지 알려진 바로는', 혹은 '우리가 알고 있는 것은'이라는 단서가 붙여진 결론이다. 텔로에서 나온 점토판을 연구한 문헌학자인 다이멜은 그 당시 정치 사회를 사원 경제를 바탕으로 하는 신정 정치 경제 사회로 규정했다. 주신인 닝기르수와 그의 아내 바바, 그들의 자식인 이갈림과 술사가나를 축으로 하는 가족 만신전 아래에서 그 도시국가의 왕은 신의 재산을 관리하는 관리자였다고 다이멜은 말한다. 엄청난 크기의 땅이 사원에 속해 있었으며 수공업자와 농부들이 사원을 위하여 일을 했다고 한다. 바바 사원의 재산을 관리하던 이는 왕의 아내였고 이갈림과 술사가나 사원의 재산 관리자는 그들의 자식인 왕자들이었다고 한다. 그 당시 왕의 아내는 여성이었으나 거대한 정치적인 힘을 지닌 이였다. 그러나 그가 내린 이 잠정적인 '결론'은 사원 경제 말고도 개인의 경제 활동이 광범위하게 존재했다는, 현재 수메르 역사를 연구하는 이들의 연구 결과로 그 '결론의 잠정성'을 입증했다. 그러나 그 시기에 도시 국가에서 살던 신들과 인간의 관계가 마치 서로를 보완하는, 그리고 서로의 존재 조건을 보증하는 밀접한 고리 속에 들어 있다는 것은 아마도 옳은 '잠정적인 결론' 가운데 하나일 것이다. 또 '잠정적인 결론' 하나. 기원전 2500~2300년경의 도시 국가 라가시의 만신전을 연구한 젤츠는 그 만신전은 다만 기록을 남길 수 있었던 혹은 고급 유물을 남길 수 있었던 엘리트 계층의 만신전이라는 단서를 달아둔다. 그 당시를 살아갔던 수많은 이름 없는 이의 만신전을 우리는 지금 연구할 수가 없다. 연구할 길이 없는 것이다.

4

그 당시, 작은 도시 국가들은 그들의 도시를 넘어서서 고대 오리엔트 전 지역을 한 만신전으로 통합하려는 시도를 했고, 또 그 시도를 실행으로 옮겼다. 이라크 중부 지방에 자리잡고 있는 니푸르라는 고대 도시는 엔릴이라는 공기의 신이 주신인데 기원전 약 2300년경에 들어서면서 고대 동방 사회의 종교 메트로폴의 역할을 하기 시작했다. 만신전 계보에 의하면 엔릴은 하늘신인 안의 아들이었다. 우루크에 집이 있었던 이 신은 역사 기록이 전해지기 전의 시대에는 아마도 아주 힘이 센 신이었을 것이다. 만신전 안에서 최고의 신이었던 안은 그보다 젊은 신인 엔릴에 의해서 대체되어진 것이다. 이를테면 새로 힘을 얻은 젊은 신이 쇠약한 늙은 신을 밀어내는 신의 세대교체인 셈이다. 어떤 과정을 통하여 엔릴이 안을 제치고 만신전의 제일 윗전을 차지하게 되었는지는 전해지지 않고 있다. 아마도 엔릴이 닌후르사그라는 산신의 남편이 되면서는 아닐런지(재미있는 점은 고대 근동의 만신전은 일부일처를 전제로 하고 있다. 남신 하나에 여신 하나로 이루어지는 가족제를 바탕으로 하고 있는 이 신들! 그러나 그 당시 사회가 일부일처를 바탕으로 하고 있었는지는 명확하지 않다). 아니라면, 수메르인들에게 산이란 외인들이 사는 곳이었으며 외인들은 그들의 적이었다. 그들이 그 산에 엔릴의 아내를 들어앉히면서 엔릴의 힘을 더욱 강력하게 밀어올린 것은 아닐런지. 엔릴이 고대 근동의 통합 만신전의 주신 역할을 하기 시작하면서 도시 국가들의 주신들은 엔릴의 밑으로 들어오게 된다. 이를테면 라가시의 주신 닝기르수가 엔릴의 아들로 불리기 시작한 것이다. 이 만신전 통합이 어떤 '정치적인 의지'로 이루어졌다는 것은 다른 만신전 계보를 들여다보면 점칠 수 있다. 닝기르수의 아내인 바바는 안의 딸로 전해진다. 즉 바바는 엔릴의 여형제인 것이다. 계보로 치면 바바는 닝기르수보다한 세대 늙은 신인 것이다. 또한 닝기르수의 여동생인 난셰의 아버지는 엔릴이 아니라 압수의 신인 엔키이다. 어떤 문헌에는 닝기르수 역시 엔키의 아들로 전해진다. 이런 계보적인 모순은 한편으로는 전승되면서 일어난 문헌과 문헌의 갈등일 수도 있으며 다른 한편으로는 자연신들인 이 신들의 널널한 자연일 수도 있다. 그러나 어디에서 이 모순이 왔는가, 그리고 그렇게 오랜세월 동안 어떻게 이 모순은 모순인 채 전승되었는가?

5

고수메르 시대는 셈어 계통의 언어를 가진 아카드인의 공격으로 막을 내린다. 작은 도시 국가들은 사르곤이라고 불리는 아카드 왕에게 패하면서 아카드 왕국으로 통합되어 들어갔다. 사르곤의 출생과 성장에 관해서는 이런 이야기가 전승되고 있다. 그는고아였다. 어떤 양치기가 바구니에 담겨 물에 떠내려오는 아기를구해서 아들인 양 키웠다고 한다. 이 이야기는 구약에 나오는 모세의 설화를 연상시킨다. 그러나 이 이야기는 모세의 설화보다 몇 천 년 전에 성립된 것이다. 모세의 설화 속에서 우리가 집어낼 수 있는 이야기의 전형은 아마도 사르곤의 설화에서 연유한 것은 아닐런지. 어른이 되면서 사르곤은 키시왕의 중요한 관리로 일을 했고 드디어는 키시왕에 반기를 들고 스스로 왕이 되었다. 그는 아비 없는 자였으므로 선대 권위나 정통성을 의식할 필요가 없었는지도 모른다. 선대의 이데올로기에서 자유로운 이 왕은 고대 동방 세계에 성립된 최초의 통일 왕국이라는 아카드 왕국을 세웠으며 자신의 정체성을 왕국의 이데올로기로 삼아서 고대 동방 사회에 전파하기 시작했다. 그들이 섬겼던 신들은 고대 동방의 만신전으로 들어와 수메르인들이 이미 섬겼던 신들과 뒤섞이기 시작했다. 수메르인의 가장 중요한 여신이었던 이난나는 아카드인들의 이슈타르와 혼동되기 시작하고 닝기르수는 니누르타라는 아카드인들의 남신과 혼동되기 시작한다. 만신전의 변화도 변화이지만 가장 큰 변화는 사르곤의 손자이자 아카드 왕국의 세번째 왕인 나람수엔으로부터 시작된 왕을 신격화시키는 것이었다. 그 당시 사람들은, 그림으로 신을 묘사할 때 뿔이 달린 모자로서 인간과 신을 구별했다. 모자에 걸린 뿔의 숫자가 많으면 많을수록 높은 신을 의미했다. 글로 신을 묘사할 때는 신 이름 앞에 수메르어로 '딩기르'라고 불리는 신을 가리키는 한정어Gottesdeterminativ를 붙였다. 나람수엔이 엘람 지방을 공격하고 난 뒤 승리를 기린 승전비에는 승리자로서의 나람수엔의 모습이 묘사되어 있다. 이 승전비 속에 등장하는 그는 뿔이 달린 모자를 쓰고 있으며 그가 남긴 비명에는 "딩기르, 나람수엔"이라고 적혀 있다. 그는 스스로를 아카드와 수메르의 왕, 사방 세계의 왕, 딩기르, 나람수엔이라고 불렀다. 거대한 자기 찬양어를 발명한 이 왕은 왕국의 정통성을 스스로 세워야 했던 왕국의 딜레마를 보여준다. 신에게 가까이 다가가 신을 섬기는 것이 아니라 스스로 신이 되었던 이 왕을 후대의 고대 동방인들은 신을 모르는 탓아로 몰아세운다. 아카드 왕국은 다시 수메르인들로부터 공격을 받으며 무너졌다. 그러나 아카드 왕들의 왕을 신격화시키는 전통은 남았다. 새로운 왕국을 세우면서 자신의 정통성을 주장해야만 했던 왕들은 자신의 이름 앞에 신을 가리키는 한정어를 붙인다. 뿐 아니라 그들은 신들과 자신이 형제라고 주장하며 여신과 결혼을 하기도 한다. 아마도 사원에서 여사제의 아들로 태어나 그 아버지를 알지 못했던 어떤 왕은 여신을 자신의 어머니라고 비명에 적어둔다. …… 과장을 한다면 지금까지, 이 고대적인 전통은 끊어지지 않고 있다.

6

고대인은 어떤 내면을 가지고 있었는가, 를 추정하는 일은 쉬운 일이 아니다. 같은 시대를 살아가는 우리들이 서로를 이해하는 일도 쉬운 일이 아닌데 감히 고대인을 이해하려고 하다니, 어쩌면 그 생각마저도 가소로운 일이 아닌가 싶다. 유적터에서, 고대인이 사라진 그 자리에서 그들이 쓰던 물건들이나 집터를 발굴할 수는 있으되 그들의 마음은 발굴할 수가 없었다. 과거는 다만 현재를 살아가는 나를 통해서 해석되어지는데 현재를 살아가는 나란, 다만 나와 시대의 한계 속에서 움직이고 있는 것이다.

귀벡컬리라고 불리는 남동 터키에 자리잡은 유적터를 방문한 적이 있다. 그곳에는 기원전 9000년경으로 추정되는, 그러니까 그 당시 그곳에 살던 사람들이 토기 굽는 기술을 아직 모르던 시절, 성전이 있었다. 귀벡컬리는 사방 100리 내외에서는 물을 구경할 수 없는 산정에 위치하고 있었다. 성전은 허물어져 있었으나 자갈로 세워진 벽은 아직 남아 있었다. 거대한 바위를 그곳까지 가져다가 사람들은 바위를 깎고 다듬어 편평하게 한 뒤에 동물들을 새겨두었다. 물도 없는 곳, 바위라고는 없는 곳. 그곳까지, 아직 토기를 굽는 기술도 없던 이들이 세운 성전. 몇백 리 바깥에서 저 무거운 바위를 이곳까지 가져온 이들의 마음을 나는 이해하고 싶었다. 왜 그들은 이 산정에 성전을 세우고 지극하게 바위를 깎았는지. 우리가 종교성이라고 부르는 인간의 내면은 어디에서 왔는가, 바깥에 있는 자연이 그토록 두려웠는가, 아니라면 인간의 속을 이루고 있는 자연이 그토록 두려웠는가.

그러나, 뿌리를 위하여

::

나의 정다운 것들 가지 명태 뫼추리 질동이
노랑나뷔 바구지꽃 모밀국수 남치마 자개짚세기
그리고 천희라는 이름이 한없이 그리워지는 밤이로구나
—백석, 「야유소회—물닭의 소리 · 5」에서

기원전 2000년경으로 들어서면서 고대 동방 사회에는 정치적인 무대에서 수메르인들이 사라지고 아무르인들이 등장한다. 우르 제3왕국이 엘람인의 침공을 받아 무너지고 난 뒤, 그리고 우르 제3왕국의 마지막 왕인 입비수엔이 엘람국의 군인들에 의해 엘람의 수도인 안산으로 끌려가 그곳에서 죽임을 당하고 난 뒤, 고대 동방에는 수많은 도시 왕국이 세워진다.

기원전 2000년경에 지구의 어느 구석에서 일어난 일을 어제 일어난 일처럼, 혹은 옆에서 지켜본 '임베디드embedded'된 CNN 기자처럼 적는다. 기록이 남아 있으므로, 그 기록을 재구성해서 나열해놓은 후대의 역사 기록이 있으므로 그 기록을 읽을 '시간이 있던' 한 사람은 마치 역사를 취재하는 기자처럼 그 역사,를 적어 내리려고 한다, 경험하지 않았던 일을 경험 가까이로, 이를테면 체험의 맥박 가까이로 끌어들이려 한다, 그리고 부질없다,는 생각.

컴퓨터를 떠나 바깥으로 나간다. 바깥에는 봄이 이미 도착했다. 목련이 피고 군데군데 개나리가 한창이다. 목련 옆에 서서 꽃을 들여다본다. 화사해서 어찔하다. 이 찬란하고 구체적인 당대성 앞에 서서 지난 기록을 읽고 기록을 재구성하려던, 그리고 그 '시간이 있던' 사람은 입을 다물고 빛을 바라본다.

한 달 내내 그 사람은 기원전 1700년경으로 추정되는 법전에 대해서 무언가 말을 해보려고 작정했다. 섬록암에 새겨진 『함무라비 법전』으로 이름이 붙여진 이 고대 문헌에 대해서, 그 문헌에 전해져 내려오는 법,이라는 것에 대해서. 아마도 그런 글을 쓰고 싶었던 까닭은 국회의사당 안에 주먹을 높이 치켜들고, 의자를 하늘로 날리는 사람들을 텔레비전에서 보았기 때문일 것이다. 중부 유럽에서 어쩌다 삶을 어저벙하게 내리고 사는 사람은 고향에서 들려오는 소식이 언제나 희소식이기를 바란다. 사람 사는 일이 희소식으로만 이루어진 것이 아니라는 것을 알면서도 어린아이처럼 막무가내로 희소식만을 들으려고 한다. 자기 앞에 놓여 있는 삶이 불안하고 어정한 것이다. 가전제품을 사기 위해 가게로 가면 돈을 조금 더 주고라도 고향에서 만들어진 것을 사고 그 제품을 파는 중부 유럽인이 그 상표를 칭찬이라도 하면 은근히 기분이 좋아지는 순진한 고향 바라기를 하면서도 정작 자신은 세계 시민이라고 믿고 싶어한다. 아니, 세계 시민이기를 원한다. 마치 그것이 고향을 떠나 사는 알리바이인 것처럼 붙잡고 있다. 그러나 온갖 무법이 횡행하는 이 세상에서 고향에서 들려오는 무법 앞에서는 더 마음이 아픈 이 어설픈 세계 시민은 갑자기 고향이라는 것에 대해 골똘히 생각하기 시작한다. 어느 나라에서 타인으로 살아가면서 고향이라는 것을, 그리고 뿌리라는 것을 골똘하게 생각하는 일은 마치 병든 옛사람을 버려둔 것을 생각하듯 어지럽다. 고향이라는 고전적인 명제가 그닥 유효하지 않은 이 시대를 살면서, 그리고 고향이 이 지상의 천국이 아니라는 것을 알면서도, 고향을 생각한다. 다시 컴퓨터로 돌아온다. 『함무라비 법전』에 대해서 글을 쓰리라는 생각을 어디 깊은 서랍에 구겨넣는다.

　고향이란 무엇인가, 라는 물음을 자신의 빛을 당대성으로만 증언하는 꽃 앞에서 하는 것은 무의미하다. 아마도 이 질문은 빛이 들어오지 않는 구석방으로 들어가 제 속이 스스로 빛을 만들어주기를 바라며, 그리고 그 빛이 제 속을 비추어주기를 바라며 해야 할 것이다. 그러나 그 꽃빛 앞에서 스스로를 세계 시민이라고 믿는 그는 우르 제3왕국이 망하고 난 뒤 수메르인들은 어디로 갔을까, 하고 묻는다.

고대 동방에서 첫 문명을 세운 것으로 알려진 수메르인들에게도 유프라테스와 티그리스 두 강 사이의 비옥한 반달의 땅은 고향이 아니라고 한다. 그들은 아마도 동북쪽에서 이주를 했을 것이라고 고고학자들은 말한다. 그들이 그곳으로 들어와 삶의 터전을 이루기 전, 고대 동방에는 이미 많은 이가 살고 있었다. 기원전 7000년, 6000년, 5000년, 아마도 그보다 더 오래전에도 사람들은 고대 동방에 살고 있었다. 인디언들이 북아메리카에 유럽인이 당도하기 아주 오래전부터 살았듯, 잉카인이나 마야인이 남아메리카에서 그러하듯. 기록을 남기지 않은 그들을, 그리고 그들이 살고 있던 시대를 선사학을 하는 고고학자들은 그들이 쓰던 도구로 정의한다. 구석기니, 신석기니, 하는 시대를 정의하는 용어들은 그들이 쓰던 도구들이 그들보다 더 견고하다는 것만을 전해줄 뿐, 그들이 누구였는지를 우리에게 찬찬히 들려주지 않는다. 인간이 토기를 만들 수 있게 되면서 그들이 살았던 시대는 그들이 만들고 쓰던 토기의 형태로 정의된다. 유적지에서 발견되는, 마치 처음 과음을 한 소년이 흐트러뜨리고 간 도서관의 책처럼 널려 있는 그 많은 토기와 토기 조각들. 아마도 음식을 담거나 음식을 끓이는 데 사용되었을 그 도구들은 온기를 잃고 연대를 매기는 후대인들의 손으로 들어간다.

　　오전, 오후 발굴이 끝나고 난 뒤 저녁이 찾아오면 어둑어둑거리는 발굴 숙소의 마당에서 '시간이 있던' 그 사람은 쪼그리고 앉아 토기를 씻었다. 발굴장에서 숙소로 들어온 토기들을 씻기 위해 플라스틱통에 물을 담아 휘파람을 불며 토기들이 널려 있는 마당으로 가서는 물통에다 토기를 집어넣었다. 토기들은 오랫동안의 허기를 물로 달래듯 꾸르륵거리며 물을 빨아들였다. 칫솔로 흙을 떨어내고 토기를 씻다가 가끔 하늘을 바라보면 구름 한 점 없는 저녁의 하늘이 점점 어두워지면서 그 사람과 토기를 둥그렇게 어둠 안으로 가두어들였다. 아무리 많은 사람이 발굴 숙소에서 왔다갔다해도 그 안은 어둑어둑 고요했다. 그 사람들, 이 토기들을 쓰던 그 사람들은 어디에서 와서 어디로 갔을까. 부엌일을 돕던 작은 무스타파가 마당으로 와서 저녁을 먹으라고 어깨를 툭 칠 때까지 발이 저려오는 것도 모르고 쪼그려 앉아 토기를 씻던 발굴 숙소의 저녁 시간. 불에 구운 양고기 기름 냄새가 지글거리며 오고가던 그 발굴 숙소. 그리고 그 시간 속에서 '시간이 있던' 그 사람은 마치 어디 먼 곳에 두고 온 식구를 찾듯 그 토기의 주인들을 그려보았으나 언제나 그것은 뜻대로 되지 않았다. 그리고 씻겨진 토기 조각들이 뜨거운 햇빛 아래에서 허겁허겁 먹어치운 물을 다시 빼앗기고 마르고 난 뒤면 아마도 '시간이 있던' 그 사람은 토기들을 들고 발굴 숙소에 있는 기록방으로 들어가 형태에 따라 분류하고 정리하고 연대를 매기려 들 것이다.

고대 동방의 역사는 고대 동방을 드나들던 수많은 민족의 역사이다. 수메르인, 아카드인, 아무르인, 카시트인, 후리트인, 미타니인, 아쉬르인, 아람인, 히타이트인, 엘람인, 가나안인 들, 그리고 마침내 지금 그곳에 사는 아랍인과 터키인, 페르시아인, 쿠르드인 등등 문헌 속에 등장하는 수많은 민족(이 민족들은 문헌학자들에 의해서 그들이 쓰던 언어로 정의되는 집단들이다. 기록이 전해지면서 인간의 역사는 더이상 그들이 쓰던 도구로 정의되지 않는다. 그들이 남긴 정치 역사로 그들의 시대는 정의되기 시작하며 집단은 언어로 정의된다)이 고대 동방으로 들어와 살았고 그들의 자취를 남겼다. 기원전 3000년경, 이미 고대 동방에서 자리를 잡고 살아가던 수메르인들은 그들의 정주지로 들어오는 유목민들을 저지하기 위해서 성을 쌓기 시작한다. 그러나 그 성은 외부에서 들어오는 유목민들로부터 수메르인들을 온전히 지켜주지 않는다. 아니, 고대인들은 그 당시 이미 수많은 민족이 얽히고설키면서 사는 방법, 그 정치적인 해결을 생각해냈는지도 모르겠다. 문헌학이 증언하는 수메르어 속에 들어 있는 수많은 셈어 계통의 차용어들, 행정 문서 속에 등장하는 인도게르만어 계통에 속하는 인명들은 성을 넘어 들어와 있던 타인의 자취이다. 이 타인의 자취를 자신의 어머니에 속하는 언어권으로 들어앉히는 일은 고대인들이 그 당시 발견했던, 관용의 정치 가운데 하나이다.

그리고 점차 북쪽에는 셈어 계통의 언어를 쓰는 이들이 정치적인 헤게모니를 잡기 시작했고 남쪽에는 굴절어인 수메르어를 쓰던 이들이 그들의 정치 공동체를 이루며 살았다. 기원전 2500년에서 2000년경까지 지속되었던 이 정치 지정학은 그러나 다시, 끊이지 않고 고대 동방으로 들어오는 타인들에 의해 바뀌어진다. 그리고 수메르인들은 정치적인 영향력을 잃는다. 흔히 말하기 좋아하는 이들에 의해 "찬란한 문명을 세우고 홀연히 사라졌다"고 표현되는 수메르인들은 아마도 고대 동방 정치 지정학 속에 동화되어간 수많은 언어 민족의 하나에 다름이 아닐 것이다.

아무르인들은 기원전 2000년경에(아마도 그보다 훨씬 이전부터 이주를 시작했겠지만) 메소포타미아 지방으로 들어와 작은 도시 왕국을 이루며 살았다. 이신과 라르사 시대(이신은 북쪽에 세워진 도시 국가이며 라르사는 남쪽에 자리잡고 있던 도시 국가이다. 많은 작은 도시 국가 가운데 그 두 왕국의 힘이 그 당시 가장 강대했다)라고 고대 동방학자들이 부르는 이 시대는 바빌론 제1왕국이 작은 도시 국가들을 통일하면서 바빌론 왕국에 흡수되었다. 아무르인들은 수메르인이나 아카드인들의 입장에서 보면 타인이었으나 세월이 흐르면서 고대 동방의 주인이 되었다. 마치 외부에서 이주해 온 수메르인들이 어느 날, 고대 동방의 주인이 되었듯. 그리고 아무르인들에 의해 성립된 바빌론 제1왕국은 수메르인과 아카드인의 언어와 역사, 그리고 지식을 수집하고 모으고 정리하기 시작한다. 마치 그들의 직접 조상의 자취이기라도 하듯. 그들이 모으고 정리한 수많은 문헌으로부터 지금 우리들은 수메르인과 아카드인들의 언어와 역사를 재구성할 수 있다. 특히 아무르인들은 사전을 정리하기 시작했는데 수메르어에 대응하는 아카드어를 나란히 점토판에 적어놓음으로써 현대 문헌학자들에게 수메르 언어를 연구할 수 있는 길을 열어두었다.

기원전 3000년과 2000년 사이, 서서히 고대 동방으로 들어왔던 아시리아인들도 북쪽에 왕국을 세운다. 기원전 800년경에 쓰여진 아시리아 『열왕기』에는 열일곱의 왕이 나오는데, 『열왕기』에 의하면 그들은 텐트에서 살았다고 한다. 유목민이었던 것이다. 북메소포타미아에 자리잡은 그들은 지금 터키에 있는 아나톨리아 지방에 거대한 무역망을 세운다. 그 무역 중심지 가운데 가장 컸던, 터키 지방에 자리잡고 있는 텔카네쉬의 발굴을 통하여, 그리고 그곳에서 발견된 수많은 장사 영수증인 점토판을 통하여 아시리아 고왕국의 기원을 그려볼 수 있다. 청동을 만들기 위해 필요했던 주석을 수입해야만 했던 메소포타미아 지방의 주석 수요를 위하여 메소포타미아 지방에서 생산된 포목과 곡식을 아나톨리아 지방에 팔았던 고아시리아 사람들은 그 무역을 통해 왕국을 키워나갔고 아나톨리아 지방에 무역 식민지를 건설했다. 무역 식민지에 살던 아시리아인들은 그곳의 여인들을 첩으로 거느리기도 했고 현지 주민들에게 글을 가르쳐서 서기관으로 고용하기도 했다. 이 점토판의 기록은 아마도 지금까지 알려진 가운데 가장 오래된, 문헌으로 기록된 장사와 정치가 결합된 모델을 우리에게 생생하게 들려준다. 청동기는 물론 실생활 도구를 만들어내는 데도 사용되지만 청동기가 가장 많이 사용된 것은 당연하게도 전쟁 도구를 만들기 위해서였다. 인류가 청동기보다 더 견고한 철기를 사용할 수 있을 때까지 청동기로 만들어진 전쟁 도구들은 곳곳의 전쟁터를 누볐다. 고아시리아인들의 무역은 그렇게 길게 지속되지 않았다. 약 3세대 동안 진행된 이 무역은 지금까지 그렇게 명확하게 밝혀지지 않은 이유로 막을 내린다. 아마도 새로운 민족의 이동과 그 이동 가운데 어지러운 정치 상황이 원인일 것이라고 짐작을 하는 학자들도 있다.

중연대기의 절대 연대인 기원전 1594년, 고대 동방의 정치 무대는 또 한번 거대한 변란을 경험한다. 아무르인들을 뒤이어 고대 동방에 등장하기 시작한 후리트인과 히타이트인과 카시트인들이 서서히 정치적인 영향력을 키워나가기 시작한다. 그리고 고히타이트 왕인 무르실리스 1세가 바빌론을 점령하면서 함무라비 왕이 세운 그 바빌론 제1왕국은 막을 내리고 새로운 세력으로 등장한 카시트인들이 메소포타미아 지방의 주인이 된다……, 주인이 된다, 라고 썼다. 그러나, 그 아무르인들은 다 어디로 갔는가, 카시트인들이 들어오면서 그들은 사라졌는가. 그리고 한 500년쯤 세월이 흐르고 난 뒤 바빌론 제2왕국의 주인이었던 카시트인들이 정치적인 힘을 잃고 난 뒤, 그들은 어디로 갔는가.

세월이 흐르고 흐르면서 한 정치 세력의 힘이 약해지면 다른 정치 세력이 정권을 잡곤 했던 이 분란 많은 고대 동방의 역사는 지구 곳곳에서 인류가 경험했던 많은 역사 가운데 하나일 것이다. 그리고 누구도, 그 어느 곳의 주인이 아님을 증언하는 역사이기도 하다. 선사학을 하는 어떤 학자들의 말을 믿을 수 있는 가설이라고 생각하는 사람들은, 인류는 아프리카에서 발생을 해서 세계 곳곳으로 흩어졌다고 말하고 싶어할 것이다. 어떤 이들은 기원을 하나로 보는 절대 기원론을 싫어해서 동시 기원론을 말하기도 할 것이다. 그러나 우리가 어딘가에서 어딘가로 계속 이동을 했다는 것을 부인하는 사람은 없을 것이다. 인류를 호모모빌리쿠스Homomo-bilicus라고 불러도 좋을 것이라고 말하는 사람들은 인류의 생물학적인 근본 자연 가운데 하나를 '고향 떠나기'로 간주하기도 한다. 고향을 떠나는 일은 많은 이의 살아남기 위한 전략 가운데 하나이다. 살아남기 위하여 뿌리를 떠나는 고전적이고도 수없이 되풀이된 이 행태는, 그러나 인간이 가지고 있는 단 하나의 행태만은 아니다. 떠나온 쪽을 향하여 계속 눈길을 돌리는 것도 또한 고전적인 행태 가운데 하나인 것이다.

컴퓨터 앞에 앉아 고향을 생각한다. 고향이 겪어내는 당대성을 같이 경험하지 못하는 이 지구에서 살아가는 수많은 이주자 가운데 하나인 이 '시간이 있는' 사람은 자신의 구체적인 당대성은 무엇인가, 를 생각한다. 그 꽃빛일까, 그 꽃빛 아래 어쩔해서 말을 잊고 한 생애의 오후를 정지시키는 그 마음일까. 그 마음의 주인은 누구일까, 어떤 대륙도 주인을 가지지 않았는데, 누구도 어떤 한 뼘 땅의 주인이 될 수 없는데…… 오, 오, 이동의 역사여, 우리에게 고개를 숙이게 하라.

몇 개의 순간들

빛

발굴지에서 독일로 돌아오는 길에는 언제나 가을빛이 짙어지고 있다. 그 여름 햇빛은 3, 4일가량 차를 타고 오는 길에 어디다 버려두었는지, 지중해를 지나서 알프스를 넘어 중부 유럽으로 들어서면 어느덧 빛은 잠 속에서 낙낙하게 옹알거리는 착한 아기처럼 자물거리고 있다. 가을빛 아래 스산거리는 나무들, 아직도 빛을 잃지 않은 여름꽃들, 그러나 빛은 여름의 시간을 잃고 있다. 그리고 나는 내 눈에 익숙한 빛을 잃었다는 생각을 하고 있었다. 그 여름 내내 내 눈에 익숙한 빛은 사납고 거세고 나의 모든 구석을 달구는, 그리하여 그 빛에 나라는 '것'을 드러낼 수밖에 없는 폭력이었다. 폭력의 빛은 그 여름 내내 나를 그의 벗으로 만들었다. 그

빛 아래, 드러난 작은, 허물어진, 몇 개의 토기 파편만을 남긴 그 집터는 마지막 숨을 다하는 양, 빛 아래에서 헐떡거리고 있었다. 그 집터는 몇천 년 동안 빛을 보지 못했던 것이다.

또 길을 지나고 지나서 밤늦게 집으로 돌아와서 작은 손가방 구석에 숨어 있던 열쇠를 찾아, 문을 열면 텅 빈 어둠. 몇 달 동안 비었던 침대의 이불을 걷고 누우면 집을 떠난 것이 어제인 양 싶으나 달력은 이미 지나간 날짜를 가리키고 있다. 냉장고는 텅 비어 있고 수도꼭지를 열면 쇳물이 나온다. 쇳물의 냄새가 더이상 나지 않을 때까지 기다리다가 컵에 물을 받아 침대 한 귀퉁이에 걸터앉아 물을 마신다. 그 빛들은 다 어디로 갔을까, 텔레비전을 켠다. 밤 뉴스가 나온다.

오늘 아침 일곱시경, 3주일 전부터 실종된 것으로 알려진 잉헬하임 남매의 시체가 발견되었습니다. 시체는 잉헬하임 남매의 집 근처에 있는 숲에 숨겨져 있었다고 합니다. 다음 뉴스……,

뉴스를 꼭 보고자 한 것은 아니었다. 그러나 뉴스에서 3주일 전이라는 말을 들으며 화면에 비친 남매의 사진을 보자(실종당했다는 아이들은 나들이를 하는 양 화사한 옷을 입었다), 3주일 전, 이 아이들이 실종되던 그날, 나는 무엇을 하고 있었을까, 하는 생각이

불현듯 든다. 아주 자주 경험하는 느낌. 몇 달간 발굴을 마치고 집으로 돌아오면 몇 달간이라는 시간은 내 삶의 일부가 아닌 양 내 바깥을 노다닌다. 2001년 9월 10일에도 나는 발굴지에 있었다. 독일로 돌아오고 난 뒤에 지나간 기사를 읽으면서도 나는 아무런 실감을 할 수가 없었다.

아이들이 실종되던 그 시간. 그 시간에 아마도 시간에 쫓기며 불같은 오후의 햇빛 아래에서 나는 지층 단면도를 그리고 있었을 것이다. 발굴지를 떠나기 전에 발굴 기록을 완전히 마쳐야 하는 것이 우리 팀의 철칙 가운데 하나였다. 언제, 이곳으로, 다시 돌아올 수 있을지 모른다, 고 두 번이나 걸프 전쟁을 겪은 우리 팀장은 우리에게 강조하곤 했다. 전쟁이 난 지역에 꼼짝없이 갇혀 겨울을 고스란히 발굴 숙소에 궁그리고 있다가 10년 가까이, 그이는 다시 그곳으로 돌아갈 수 없었다.

지층 단면에 나타난 문화 지층의 흔적은 커다란 화재를 가리키고 있었다. 시커먼, 그리고 붉은 흙이 1미터가량의 길이로 단면에 드러나 있었다. 1미터, 가량의 화재 층 가운데에는 불에 탄 토기며 검게 탄 나무며, 군데군데 사람의 뼈도 시커멓게 그을려 있었다. 화재 층이 발견된다고 해서 무슨 큰일이 일어난 것은 아니다. 화재가 일어나는 것이 어디 그렇게 드문 일이던가, 짚과 잡목으로 이은 지붕은 또 작은 불에도 얼마나 흐드러지게 타버리는가, 그 지붕 아래에 살림을 부리던 이들을 또 얼마나 울게 하던가. 내가 일을 했던 발굴 영역은 무슨 궁전이나 신전이 있던 곳이 아니었다. 다만 두 개의 방과 작은 마당을 가진 집터였다. 아마도 청동기시대에 화재가 난 모양이었다. 혹, 화재에만 그친 것이 아닌 무슨 대재난이 지나갔다고 한들, 역사적인 기록이 없는 그곳에 무슨 일이 일어났는지 아무도 알 수 없었다. 단면에 드러난 모든 것을 작은 종이에 그려넣어야 했던 나는 그러나 그을린 사람의 뼈가 드러난 면을 측량하면서 숨을 한번 크게 들이쉬었다. 그때였다, 아이가 내 옆에 서 있었다. 흠칫 놀라서 뒤를 돌아보았다. 아이는 하얀 이를 드러내곤 수줍게 웃으며 내게 찬물이 든 물병을 내밀었다. 핫산이었다. 우리 발굴팀의 부엌일을 도와주는 자미야의 아들. 아이는 물병을 나에게 건네주고 내 옆에 말없이 쪼그리고 앉았다. 나는 아이의 머리를 쓰다듬었다. 이 착한 아이는 오후의 햇볕에서 일을 하는 나를 먼발치에서 지켜보다가 어미에게 물을 달라고 했을 것이다. 그러고는 이 폐허로 올라왔을 것이다. 나는 햇빛이 곧 서쪽으로 넘어가버리면 단면도를 더이상 그릴 수 없을 것이라는 것을 알면서도 아이의 옆에 쪼그리고 앉았다. 수크란, 하비비, 라고 나는 아이에게 말했다, 고맙다, 친구야, 라는 말이었다. 아이는 고개를 숙이면서 작게 웃었다. 우리는 폐허의 너머를 함께 바라보았다. 유프라테스강의 줄기를 끊어 가두어 만든 인공 호수의 물이 폐허의 너머에는 있었다. 물은 서쪽으로 넘어가는 햇빛을 받으며 견딜 수 없이 시끄러운 물과 빛이 접촉하는 공간을 만들고 있었다. 그 빛을 바라보는 순간은 마치 영원 같았다. 이어 싫증이 난 아이는 나에게 한번 씩 웃어 보이고는 일어나 폐허의 구릉을 내려갔다. 아이의 작은 몸이 모래와 빛이 섞여 있는 구릉으로 사라질 때까지 나는 그 자리에 서 있었다. 나도 그 폐허의 구릉을 내려오면서 빛과 모래에 섞여, 불이 자주 일어나는 이 문명을 저 아이처럼 싫증을 내고는 뒤로하고 싶었다.

　창으로 가을의 밤을 바라본다. 그 아이를 다시 볼 수 있을까, 아직 아이는 전쟁이 없는 곳에 살고 있다.

그늘

　내 가슴에는 구멍 하나,

　머리에는 아무 가구 없이,

　오, 오, 꽃 없는 창문,

　그림도 소리도 없는 창문,

　나는 살지 않는 것 같네

　　―헤베르트 그뢴네마이야(독일 가수)의 노래, 〈살지 않다〉에서

그곳에 전쟁이 일어나고 난 뒤 CNN이 처음으로 그곳 박물관의 모습을 비추어주던 날, 우리는 아무 일이 없는 양 점심을 잘 먹고 일도 열심히 했을 것이다. 아마도 전쟁이 난 그날도 그랬을 것이고 군인들이 그 나라의 수도로 들어가 시멘트로 만들고 청동을 입힌 독재자상을 끌어내리던 날도, 우리는 밥을 잘 먹고 일도 열심히 하고 그랬을 것이다. 그 박물관에 들어 있던 고대 동방의 유물이 부서지고 도난을 당하고, 사람들이 망가진 유리관을 망연하게 들여다보거나 텅 빈 박물관에 서 있다가 울음을 터뜨리며 무너지던 그날에도 우리는 향이 좋은 커피를 마시거나 곁들여 잘 구운 과자를 먹거나 시내에서 화분을 하나 사서는 집으로 돌아왔을 것이다. 집안이 잘 치워져 있지 않은 것을 투덜거리며 창문을 일단 열고 집안을 얼마간 치우고 새로 사온 화분을 창 곁으로 두며 물을 주었을 것이다. CNN을 보면서, 우리는 텔레비전 앞에서 지난 걸프 전쟁 뒤에 얼마나 많은 유물이 유럽의 미술 시장으로 들어왔던지를 이야기했을 것이다. 거의 울다시피 인터뷰를 했던 박물관 사람들 가운데에는 더러 전쟁이 일어나기 전에 학술 대회에서 만나본 사람도 있을 것이다. 그리고 우리는 저녁 식탁을 준비했을 것이다. 그러면서, 그러니까, 쉽게 도굴꾼들의 손에 들어올 수 있었던 옛 인장이나 점토판이 유럽 시장에서 얼마나 거래되었다거나, 하는 사실들.

저녁을 먹으며 곁들여 포도주를 한잔 마시며 우리는 또 도난당한 유물도 유물이지만 박물관 창고와 문서 창고들이 망가진 것이 더 문제라고, 상업적으로는 아무 가치가 없지만 고고학을 하는 이들의 '진지한 학문적인 관심'을 위해서는 꼭 필요한 그 많은 기록이 그렇게 무자비하게 사라지는 것은 더욱 견딜 수 없는 일이라고, '학문의 중립적인 가치'를 위하여 얼마나 많은 이가 '희생'을 당했는데, 그 '가치'라는 것이야말로 '학문을 정치로부터 독립시키는 덕목'이며⋯⋯, 그러곤 우리는 다시 포도주병을 열어 포도주가 잘 익었는지 시음을 한 다음, 고개를 한번 끄덕인 다음, 유리잔에 포도주를 가득 채웠을 것이다. 또 우리는 전쟁 전에 남이라크에 자리잡고 있는 바스라에서 암에 걸린 아이들을 치료하는 일을 오랫동안 한 어느 의사의 인터뷰를 예로 들며, 전쟁 때 사용된 우라늄이 든 총알이나 폭탄 때문에 남이라크의 많은 지역이 우라늄으로 오염된 사실에 대해서 흥분하기 시작했을 것이다. 그곳에 전쟁 후에 기형아율이 얼마나 높아졌는지에 대해 지하수가 우라늄에 얼마나 무방비로 방치되었는지, '유프라테스나 티그리스 강에서 잡히는 물고기를 먹는 것은 위험하고', '암에 걸린 아이들이 치료약을 얻지 못해서 그렇게 쉽게 죽어간다'는 것도. 치즈를 잘라 빵에다 올리며 '유엔의 처벌 조치', '그곳에다 무기를 팔아 큰 장사를 한 것도 유럽인이나 미국인', '석유', '이란을 견제하기 위해 사담을', '누가 1970년대에 탈레반을 원조했'는지, 우리는 빵을 입으로 가져가며, 가져가다가 다시 접시 위로 도로 돌려놓으며, 흥분했을 것이다. 밤이 가만히 가만히 우리의 식탁으로 오고 어느덧 반주로 시작한 포도주가 뺨으로 올라오고 다시 새 포도주 병을 식탁으로 가져오며 500불만 있어도 서너 달은 견딜 수 있다는 그곳 어느 도시에 살고 있는 벗에 대해서 이야기를 하며, 전쟁이 지나가고 나면 그곳으로 가자는 이야기를 하며, 그러나 그곳을 다시 발굴할 수 있을까, 아시리아인의 고도인 아수르로 가던 길에 총에 맞아 죽은 한 이라크 고고학자 이야기를 나누며 우리는 식탁에 앉아 있었을 것이다. 도난당한 유물들이 다시 박물관으로 돌아오고, 또 박물관 창고가 정리되고, 그러고 나면……, 그러나 우리는 식탁을 치우며 다시 내일 할 일이 많은 것을 불평하고 내일 날씨가 좋을 것을 마치 매일매일 식탁 앞에서 하는 기도문처럼 외면서 설거지를 했을 것이다. 문득, 그 전쟁이 미친 듯 돌아다니는 그곳에 살고 있는 그 벗에게 아들이 있고, 그러나 우리는 아무것도 그들을 위해서 할 수 없다는 생각을 하면서 '전쟁이라는 수단을 통해서' '독재자 하나가 없어지면 수많은 독재'자가 어슬렁거릴 거라는, 그러나 '왜 그 많은 이가 전쟁을 하는지', 알 수 없는 우리는, 그런 거대 정치에 아무런 영향을 미칠 수 없는 '우리는', 갑자기 허탈해져서 열어놓은 창문을 닫으며 갑자기 포도주에 취한

양, 서로 안았을 것이다. '고고학이라니, 전쟁이 났는데, 과거를 찾기'라니, 그러나 '그것이 우리의 직업'인데, '도둑맞은 유물보다 도둑맞은 인권'이 더 '중요'하다는 '착한 사람' 특유의 자기 위로를 하면서 우리는 그날도 잠자리로 들어갔을 것이다. 그리고 그날도 조명탄을 쏘아올리며 그 도시에는 비행기가 날아갔을 것이다.

모래바람

그 여인은 폐허가 보이는 언덕 위에 앉아 있었다. 여인의 옆에는 물동이가 놓여져 있다. 검은 차도르를 발끝까지 걸치고 눈만 내놓은 채, 그러나 여인은 맨발이다. 나는 발굴 기록장을 접고 눈을 먼 곳으로 돌리다가 여인을 보았다. 나는 저 여인을 안다. 자말리아의 언니라고, 자말리아는 나에게 말했다. 가끔 여인은 자말리아의 일을 돕기 위해 발굴장 부엌을 드나들곤 했다. 나는 그녀에게 언젠가, 작은 루주를 선물한 적이 있다. 그녀는 작은 루주를 받아 차도르 안에 감추었다. 그녀의 남편은 이 발굴장에서 한 시간쯤 차를 타고 가면 있는 목화 공장으로 일을 하러 나간다고 했다. 그녀의 남편은 두통을 자주 앓아 언제나 기분이 나쁜 듯 보이지만 사실은 참, 착하다고 했다. 그녀는 나에게 아스피린이 없느냐고 자주 물었다. 아스피린을 배낭에서 꺼내어주면 그녀는 다음에 잘 익은 요구르트를 가져다주겠다고 했다. 그것뿐이다. 내가 그녀에 대해서 아는 것은 그것뿐이다. 발굴 일을 하러 나오는 이 동네 청년들은 자주 나에게 이소룡이나 쿵푸나 현대 차에 대해서 묻고는 했지만 그녀는 그런 것들을 알지 못했다. 그녀는 이방인과 이야기를 조만조만 나누는 일에 익숙하지 않았다. 그리고 나도 그녀에게 나에 대한 무슨 이야기를 나누어야 할지 몰랐으므로, 우리는 더이상 이야기를 나누지 못했다. 내가 그녀에 대해서 아는 것은 그러므로 그것뿐이다. 시리아에서도 가장 시골 마을에 속하는 이곳에서 태어나서 자라서 시집을 가서 마흔이 되어가는 이 여인은 나랑 거의 동년배이다. 그러나 내가 아는 것은 정말 그것뿐이다.

그 여인이 우리들이 발굴하는 폐허가 가깝게 보이는 언덕으로 자주 올라오는 것은 아마도 레바논에 있는 대학의 여학생들이 발굴 견습을 하러 오고 난 뒤가 아닌가 싶다, 아니 그것은 나의 착각일 수도 있다. 언제나 그녀는 그곳으로 올라와서 발굴장을 먼발치로 쳐다보곤 했을 수도 있을 것이다, 다만 내가 그 여인을 보지 못했을 뿐. 레바논의 대학에서 공부를 하는 여학생들은 '발랄하고 자유롭고 싱싱하고' 젊었다. 그녀들이 발굴 일을 도우러 발굴장으로 오면 발굴 일을 도와주던 이 동네 청년들은 말 그대로 넋을 잃고 그녀들을 바라보곤 했다. 그녀들은 영어도 잘해서 일을 같이하면서 나는 그녀들과 깔깔거리며 우스개를 주고받을 수도 있었다. 내가 잘 못하는 아랍어가 그녀들의 모어였으므로 그녀들은 발굴장에서 일을 하던 동네 청년들과 나 사이에 서서 서로 이해 못하는 순간을 잘 넘겨주기도 했다. 점심을 같이 먹으며 그녀들과 나는 이야기를 자주 나누었다. 그녀들은 미국에 가고 싶어 했다. 남자친구와 함께 미국으로 가서 디자인을 배우고 싶다고 했다. 그런데 왜 지금 발굴장에? 그녀들은 다시 깔깔거리며 "좋은 경험이잖아"라고 했다.

나는 폐허에서 먼발치로 보이는 언덕을 보았다. 아직 여인은 물동이를 옆에 두고 그곳에 앉아 있었다. 내가 그녀를 바라보고 있다는 것을 눈치챌 법도 하건만 여인은 아랑곳없이 그 자리에서 그렇게 폐허를 바라보고 있었다. 레바논의 여학생들은 긴 머리칼을 휘날리며 짧은 바지와 티셔츠를 입고 그들의 남자친구 이야기와 레바논 시내에 새로 생긴 카페에 대해서 이야기를 나누다가, 다시 화제를 바꾸어 발굴 숙소의 화장실이 집에 있는 화장실 같지가 않아 불편하다고 수런거리기도 했다. 그녀들은 폐허 너머 언덕에 앉아 있는 여인에게는 별 관심이 없었다. 나는 그녀들이 그녀들의 남자친구에게 엽서 쓰기를 시작하자 점심 휴식소를 슬그머니 나와서 아무도 없는 발굴터로 갔다. 아무도 없는 곳에서 그 여인을 바라보고 싶다는 생각이 들었는지도 모르겠다. 그러나 바라보고 싶다는 생각만 했을 뿐 그 여인에게로 다가가 무슨 말을 건네볼 생각을 하지는 않았다. 그녀를 알 수 있는 길은 멀고도 멀었다. 나를 다시 시작하지 않고서는 나는 그녀를 이해하지 못할 터였다. 그러나 오랫동안 바라보고 싶기는 했다. 검은 차도르와 차도르 사이에 드러난 주름이 잡힌 커다란 검은 눈, 부엌일을 할 때 가만가만 하던 그녀의 몸짓들, 아스피린을 받아 아마도 싱긋 웃었을 감추어진 입.

누군가가, 빨리 철수를 하라고 외쳤다. 나는 순간적으로 하늘을 바라보았다. 저 멀리 서쪽 하늘이 누렇게 변하고 있었고 바람이 드는지 내가 서 있는 곳에서도 모래가 자만자만 일고 있었다. 모래바람이 이곳으로 오고 있다는 신호였다. 내 손에 들어 있는 노트에서 종이 조각들이 스르르 빠져나가고 있었다. 이제 나는 이 발굴지를 떠나 모래바람이 없는 곳으로 가야만 했다. 모래바람은 생각보다 더 빠른 속도로 다가오고 있었다. 나는 폐허 너머의 언덕, 그 여인이 앉아 있던 언덕을 순간적으로 바라보았다. 누군가가 한 손으로는 물동이를 들고 또 한 손으로는 여인의 손을 잡고 언덕을 내려가고 있는 것을 보았다. 하얀 갈라비아를 입은 남자였다. 그렇게 한참 동안 언덕을 바라보고 있었는데도 언덕으로 그 남자가 올라오는 것을 보지 못했었다. 검은 차도르와 하얀 갈라비아가 누렇게 변해가는 하늘 아래에서 서둘러 언덕을 내려가고 있었다. 순간, 나는 참담해졌다. 아무도 나를 데리러 오지 않을 거라는 생각, 나는 언제나 혼자 이 바람을 피해야 한다는 생각. 나는 그 순간, 그 여인이 그렇게도 부러웠다. 그리고 그것이 내가 그녀에게 가진 단 하나의 구체적인 느낌이었다.

타인의 얼굴

::

그때, 뱀도 없었고, 지네도 없었고,
하이에나도 없었고, 사자도 없었고,
그때, 개도 없었고, 늑대도 없었고,
겁도, 놀람도 없었을 때,
그때 사람들에게는 적도 없었네*

—『엔메르카 신화』에서

이 글을 쓰고 있는 동안 유럽은 유럽컵 축구 대회로 들끓고 있었다. 축구 중계가 시작되는 시간이 되면 거리는 텅텅 비고 하루 하루 경기 결과에 따라 희비가 엇갈리고 경기가 진행되는 포르투갈의 도시인 포르투와 알미칠, 그리고 리스본에서는 전 유럽에서 몰려든 축구 팬들이 거리 곳곳을 누비며 함께 어깨를 나란히 하고 바닷바람 속에서 노래를 부르고 있었다. 축구 경기장이건 거리에서건 자신의 나라 빛의 옷을 걸치고 온 혼을 다 불러 경기를 응원하는 사람들의 빛과 빛의 축제. 오렌지빛은 붉은빛에 흰 십자가

* 빌케C. Wilcke, 「고대 메소포타미아의 적대 관계Altmesopotamische Feindschaft」(브레힐M. Brehl과 플래트K. Platt 엮음, 『적대 관계Feindschaft』), 빌헬름 핑크 출판사, 2003년, 110쪽.

가 가로지르는 빛과 구별되며 노란빛과 파란빛은 포도줏빛과 푸른빛과 구별된다. 그러나 빛의 엇갈림은 축제였다. 경기가 열리기 전에 많은 사람이 훌리건을 걱정했었다. 조직위원회에서는 만일 어느 나라의 훌리건이 집단 난동을 일으키면 그 나라의 팀 역시 집으로 돌려보내겠다고 겁을 주기도 했다. 그러나 본선 첫 경기에서 연장전까지 가서도 승부를 결정짓지 못하자 결국 페널티킥으로 승부를 낸 포르투갈과 영국의 경기가 끝난 뒤에도 사납기로 이름난 영국의 훌리건은 난동을 부리지 않았다. 어떤 국기를 들고 춤을 추던 사람들은 다른 국기를 들고 껑충거리며 소리를 지르는 사람들을 공격하지도 않았다. 흔히 대리전이라는 공격적인 이름으로 불리곤 하던 나라 간의 축구 경기의 시대는 지났는지, 축제와 축제의 나날들이 계속되고 있었다. 아마도 유럽컵 조직위원회는 유럽 공동체보다 더 급진적이라고 불릴 수 있을 것이다. 유럽 공동체가 동부 유럽 국가들을 공동체의 일원으로 받아들이고 난 뒤에도(철의 장막 시대는 유럽 보수 정치가들에게도 지나간 역사이다), 아직도 터키를 공동체로 들이는 것을 꺼리고 있고(그러나 아직도 모슬렘 국가라고 여겨지고 있는 터키를 공동체로 들일 수는 없다. 정치와 종교의 분리를 터키 현대 국가의 아버지라는 아타튀르크만큼 철저히 진행시킨 이도 없다. 터키에서는 모든 공공장소에서 차도르를 금하고 있다. 종교 분쟁 문제가 지금처럼 현재화된 역사로 받아들여지고 있는 것은 십자군 전쟁 이래로 처음이라고 말할 수도 있을 것이다), 러시아를 받아들이는 것은 꿈도 꾸지 않는 것과는 반대로 유럽컵 대회는 러시아도 참여시키고 있다. 축구 장삿속이 정치 이해보다 더 급진적(?)이다. 이 아이러니는 거의 고전적이다. 장사는 언제나 정치를 앞지른다.

전쟁은 다른 곳에서 일어나고 있다. 이 글을 쓰고 있던 그 축구 축제의 나날 속에서 한 한국인이 피랍되고 결국에는 죽임을 당하고, 또 더 많은 한국군이 전쟁이 일어나는 곳으로 들어갈 거라는 소식은 축제의 장막을 뚫고 들려왔다. 나는 왜 우리가 그 전쟁 속 깊숙이 들어가 있는지, 그리고 그곳에서 자신을 '타인'으로 만들고 있는지 이해를 할 수가 없었다. 모든 국제 시민 인권을 그늘로 밀어두고 일어난 그 전쟁을 왜 우리가 함께 치러야 하는지. 세상이 이해되지 않을 때는 오래된 책을 끄집어내는 수밖에 없다. 슈퍼마켓으로 가서 포도주를 한 병 산다. 집으로 들어와 대문을 잠그고 창을 닫는다.

그곳에서 오래 발굴을 했던 벗들은 그곳에서 만난 한국인들에 대해서 나에게 자주 들려주곤 했었다. 대부분 현장 기술자였던 그 한국인들은 피곤해 보이는 서양 나라 발굴팀을 그들의 숙소로 불러 불고기와 밥을 대접하고 함께 어깨를 나란히 하고 노래를 불렀다고 했다. 이라크 사람들은 이 한국인들을 참으로 좋아했다고 한다. 그들과 땅바닥에 털부덩 앉아 수없이 수다를 떨기도 하고 맨손으로 밥을 집어다 서로 입에 넣어주기도 했다고 한다. 그때, 그곳에 있었던 그 한국인들은 이라크인들에게 타인이 아니었다. 나는 우리들이 그곳에서 언제나 타인이 아니기를 바랐다. 아직 정치적으로 얽혀본 적이 없는 우리와 그곳 사람들이 그렇게 얽힘의 역사를 시작하기를 정말 바라지 않았다. 그런 타인의 얼굴을 하고 서로가 서로를 바라보는 것은 끔찍하다.

오래된 책을 펼친다. 기원전 18세기에 문헌으로 적혀졌다는 『엔메르카 신화』는 적 혹은 타인이 없었던 그 시절을 "모두 한 언어로 사람들이 말을 하던 때"라고 일컫는다. 아마도 구약에 전해져 내려오는 바벨탑 전설의 어머니 격인 이 신화는 혼돈이 시작되기 전과 후를 하나의 언어 시대와 여러 개의 언어 시대로 구별한다.

타인, 이라는 말은 아마도 나 아닌 다른 것, 사람뿐 아니라 환경역시 포함되어 있을 것이다. 자연은 인류가 대면해야 했던 최초의 그리고 아마도 최후의 타인일 것이다. 타인이라는 '것'은 이해하기 힘들고, 이해하기 힘들어 위협적이고, 위협적이어서 어찌해서든 위협적이지 않은 상태로 만들어놓아야 하는 '것'이다. 타인이 바깥에만 있을 때, 문제는 그리 복잡하지 않다. 현재, 전쟁이 벌어지고 있는 메소포타미아 지방에 살았던 고대인들에게도 그들의 흥망의 와중에 언제나 타인이 있었다.

그들에게 타인은 산악인들이다. 그들은 타인을 수메르어로 '루쿠르'라고 불렀다. 산사람이라는 뜻이다. 험하고 컴컴한 산악으로부터 살기 좋은 평원, 즉 그들이 사는 곳으로 침입해 들어오는 '것'들이며 "백성에 속하지 않고 고향에 속하지 않는 자들, 연대를 모르며 인간의 이해 능력은 있으나 개 같은 이성과 원숭이 같은 형체*"를 가지고 있는 자들이다. 산악 지대에서 메소포타미아 지방으로 들어왔던 집단 가운데 하나인 구테아인들을 가리키는 이 말은 『아카드인에 대한 저주』라는 기원전 2000년경에 형성된 문헌에 전해져 내려온다. 혹은 이런 말들. 아직 아무르인들이 메소포타미아 지방에서 정치 집단으로 성공을 할 수 없었던 그 시절, 메소포타미아의 정치 엘리트들은 그들을 "아무르인들, 파괴자들, 개처럼 이해하고 늑대처럼 마을을 부수는 자들"이라고 불렀다. 우르의 마지막 왕인 입비수엔은 "멍청한 원숭이를 (그들이 살던 산악 지방으로부터) 그에게로 사람들이 데려온 해**"로 그가 다스리던 스물세번째의 연호를 붙이기도 했다. 타인, 견성과 짐승의 얼굴을 하고 있는 자들. '나'라는 선과 '타인'이라는 악이 대

* 같은 책, 111쪽.
** 프레인D. Frayne, 『우르 제3왕국(기원전 2112~2004). 메소포타미아의 왕 비명 : 초기 시대 3/2Ur III Period(2112~2004 BC) Royal Inscriptions of Mesopotamia Early Periods 3/2』, 토론토대학 출판사, 1997년, 365쪽.

립하고 있는 시간을 살고 있다고 스스로 생각하는 그 당시의 왕들은 자신이 '권력의 정통성' 아래에 있다고 믿음으로써(믿음이라는, 종교적인 말! 그 말을 현대 정치가들도 곧잘 사용한다. 나는 반공 포스터를 그리며 자라난 세대에 속한다. 뿔 달린 붉은 짐승을 그리고 무찌르자, 쳐부수자, 라는 말을 그림으로 그리던 나의 어린 시절 동안 내가 그린 괴물이 그렇게 자주 내 꿈속으로 들어왔다. 민방위 훈련을 받고 난 밤이면 그 괴물이 뜨거운 오후의 햇빛 아래 땅에 엎드려 있던 내 등 위로 사납게 발톱을 박는 꿈을 꾸곤 했다) 저를 지탱한다. 그들은 그 정통성을 지켜나가기 위하여 끊임없이 신을 부른다(인간들이 만들어내는 소음 때문에 견딜 수가 없어서 인간들에게 홍수를 보낸 신들을 생각하면 왕들이 신들을 부르는 일이 얼마나 잦았는지, 그리고 그 소음이 얼마나 지독한지를 짐작할 수 있을 것이다).

혼돈은 타인이 만들어낸 것이다. 기원전 18세기경에 문헌으로 정착되었다는 『안주 신화』는 타인이 만들어낸 혼돈의 이야기이다. 안주는 사자 머리를 가진 거대한 독수리이다. 이 독수리는 산악 지방으로부터 왔다고 한다. 안주는 신 중의 신인 엔릴의 '운명의 도판'을 훔쳐서 산악 지방으로 가지고 간다. 운명의 도판을 도난당하고 난 뒤 엔릴은 그 자리에서 굳는다. 신 중의 신이 굳어버리고 아무런 역할을 하지 못하면서 문명은 사라지고 혼돈은 시작

사진 : 마리에서 발굴된 안주새의 상.
출전 : 로프M. Roaf, 『고대 메소포타미아와 근동 지방의 지도Atlas de la Mésopotamie et du Proche-Orient
　　　 Ancien』, 브레폴스 출판사, 1991년, 85쪽.

된다. 혼돈은 모든 문명의 끝을 뜻하며, 그 고대인들에게 문명의
끝이란 자신의 끝을 의미하는 것이었다. 그들이 사라지고 난 그
위에 타인이 새 도시를 건설할 것이라는 생각을 그들은 할 수가
없었다. 그 혼돈으로부터 빠져나와야 한다. 그때 영웅이 등장한
다. 엔릴의 아들인 니누르타는 산악으로 가서 안주를 상대로 거
대한 싸움을 벌이는데, 결국은 이겨서 승리의 표적으로 안주의 깃

털을 가지고 메소포타미아 지방으로 돌아오고 산악을 그의 어머니인 닌후르사그라 무릎 밑으로 들어오게 한다. 적은 사라지고 문명은 다시 살아난다.

타인을 감정적인 적으로 이해하는 상태에서 집단적이고도 조직적인 '타인 이데올로기'가 생겨나기까지는 조금 더 많은 시간이 필요하고 조금 더 많은 이유가 필요하다. 그리고 타인으로부터 빼앗아올 것이 있을 때 타인 이데올로기는 비 내리고 난 뒤의 물풀처럼 무성하게 돋아난다. 수메르어와 아카드어로 나란히 쓰여진 한 신화 속에는 『안주 신화』와 흡사한 이야기가 등장한다. 이 이야기 속에는 니누르타가 메소포타미아를 위협하던 돌의 왕인 아상과 싸움을 한다고 전해진다. 안주 대신, 하늘과 땅의 아들이라고도 하고 병을 일으키는 병마라고도 불리는 아상이 니누르타의 적, 문명의 적으로 등장하는 것이다. 니누르타는 이 싸움에서 이기고 난 뒤, 아상이 지키던 돌을 가지고 돌아온다. 돌뿐 아니라 산악에 갇혀 있던 얼음을 풀어 티그리스강으로 흐르게 한다*. 돌과 물은 고대 메소포타미아에서 제일로 부족하던 원자재였다(만일 그 당시 사람들이 석유를 사용할 수 있는 기술을 가지고 있었다면

* 빌케, 「고대 메소포타미아의 적대 관계」(브래힐과 플래트 엮음, 『적대 관계』), 114쪽.

그들은 원자재만으로 세계 제일의 부자였을 것이다. 원유에서 나오는 역청은 그 당시 흔히 습기를 방지하는 데 쓰였다. 그러나 아직 석유를 사용할 기술이 없었던 그들은 그 당시 역사 속에서 원자재가 부족한 곳에 사는 사람들일 뿐이었다. 그들은 원자재를 구하기 위하여 무역을 하기도 하고 전쟁을 치르기도 한다. 현재, 그곳에서 나는 원자재가 전쟁의 주요한 원인으로 등장하는 것은 무슨 신의 코미디 같기도 하다). 물로 농경을 일구고 농경이 가져다준 부를 바탕으로 해서 돌을 외부에서 수입해야 했던 것이다. 고대 메소포타미아 왕들은 끊임없이 관개 공사를 벌였고 그것만으로도 물이 부족하면 이웃나라와 자주 물싸움을 해야만 했다.

이 신화 속에서 타인은 외부에서 내부를 위협하는 존재일 뿐 아니라 내부가 가지지 못한 무언가를 가진 존재로 등장한다. 그들로부터 자신을 지키고 그들이 가진 것을 빼앗는 것, 이 거대한 군사적인 힘이 필요한 정치 행위를 실제로 옮기기 위해서는 한편으로는 타인을 받아들이고 또다른 한편으로는 '타인 이데올로기'를 그들의 사회 속에서 생필품으로 삼아야 했다. 그리고, 그 정치적인 힘을 가졌던 왕들은 사원을 짓고(사원을 짓는 데 필요한 나무와 돌은 다 외부에서 들여온 것이다), 신상을 세우고(신상을 만드는 돌 역시 외부의 것이다), 신상을 보석으로 장식한다(그 보석 역시 외부에서 가져온 것이다). 신상뿐 아니라 성물을 바치고 자신의 모습을 상으로 만들며 그 상에 비명을 적어둔다. 흔히 고대 메소포타미아 왕들의 상에 새겨진 비명의 말미를 장식하는 이런 문장들 : 이 상에 새겨진 비명을 지우는 자에게 신이여, 그의 자손의 씨를 말리게 하소서. 그러나 적들은 신상이나 왕상을 부수고 비명을 지우고, 상징적으로 그들의 나라로 가지고 갔다. 적을 몰살하고 적의 아이덴티티를 부수는 이 상징적인 행위는 지금의 우리에게도 그리 낯설지 않다.

타인이 우리 속에 있을 때, 우리라는 '것'은 갑자기 낯설어진다. '우리' 속에 우리의 위험이 있을 때 문제는 복잡해진다. 갑자기 타인을 '우리'로부터 찾아야 할 때, 공포는 시작된다.

기아는 물처럼 도시를 덮었네, 멈추지 않을 것처럼/기아는 백성의 얼굴을 뒤틀리게 하고, 근육을 뒤틀었네/마치 물에 둘러싸인 것처럼 그들은 숨을 쉬기 위하여 헐떡거렸네…… '얼마나 오래 걸릴까요, 이 재난 때문에 우리가 멸망할 때까지. 우르의 안에도 죽음은 있고 우르의 바깥에도 죽음은 있지요. 안에서 우리들은 기아로 죽어가고 바깥에는 엘람인의 무기가 우리를 기다리고 있어요. 우르 안에 있는 적 역시 우리를 괴롭히고 있어요' …… 그들은 도시 성벽 아래를 피난소로 그들은 공포 속에서 하나가 되었네.

이 노래는 기원전 2000년경에 우르 제3왕국이 엘람인의 공격을 받고 무너지던 때를 그리고 있다. 오랫동안 입으로 전해지다가 글로 정착되었을 이 오래된 노래는 수메르인들이 메소포타미아 지방에서 정치적인 헤게모니를 결정적으로 잃던 모습을 우리에게 전해준다. 그뒤로 수메르의 정치 엘리트들은 다시 정치 무대로 돌아오지 않았다. 우르 제3왕국의 멸망은 바깥에서뿐만 아니라 안에서도 시작되었다. 곡식을 기르던 땅이 소금 땅이 되어 곡식을 기를 수 없게 되었다고 그 당시 경제 문서들은 전한다. 관개 작업을 많이 한 까닭이다. 흉년이 들고 기아가 찾아온다. 이 재난은 그러나 아직 우르를 멸망하게 하지 않았다. 흉년은 거듭되고 왕국에 세금을 바치던 지방 관리들은 세금을 바칠 수 없게 된다. 엘람인들은 우르 왕국이 쇠약해진 것을 잘 알고 있었다. 결정적인 때를 노리기만 하면 된다. 기아와 엘람인의 무기라는 적만이 우르라는 왕국을 멸망하게 하지만은 않았다. 고대인들이 포착해낸 또다른 적, 이 노래가 전하고 있는 또 하나의 적은 우리 가운데 있는 적. 이 우리 가운데 있는 적은 외부의 적보다 더 위협적이다. 그는 우리를 알고 있다. 그리고 우르는 그 적을 찾아내기에는 너무나 쇠약해져 있었다. 도시는 무너지고 왕은 적의 손에 잡혀 끌려가서 죽임을 당한다. 그것이 한 고대 왕국의 끝이었다.

아직 그러나 타인은 우리 가운데 있다, 라고 노래는 우리에게 전해준다. 고대인들은 아직 '나'를 발견하지 못했다. 나를 발견하기까지, 인류에게는 조금 더 시간이 필요했다. '우리'라는 말도 '나'라는 말에 비하면 무척 상대적이다. 아직 적은 나의 바깥에 있다. 타인을 찾아가는 마지막 여정은 나를 들여다보는 것이다. 그러나 나는 어디에 있는지. 내 속에는, 많은 이가 그렇게 적은 것처럼, 많은 타인이 들어 있다. 그 타인들이 나의 얼굴을 만들고 있다. 나의 얼굴은 타인의 얼굴이다. 그 얼굴이 끔찍하지 않기를 바란다.

방앗잎, 그리고 해골에게 말 걸기

::

아 살아 있는 죽음과 죽어 있는 삶과 살아가는 죽음과 죽어가는 삶과
죽음을 만드는 삶과 삶을 만드는 죽음의 창조자여
—차창룡의 시, 「발자국」에서

발굴지에서는 냄새가 나지 않는다. 금요일은 모슬렘의 휴일, 일 없는 날. 발굴지를 그냥 산책이라도 할 양이면 그 무향이 지닌 고적함은 햇빛처럼 뜨겁다. 아니, 흙이나 바람이나 그곳에서 돋아난 가시가 무성한 식물들에게서 나는 냄새가 있기는 하다. 그러나 그 냄새는 이를테면 물과 피로 이루어진 것들이 잘 말라 바스러진 것 같은 냄새이다. 그 냄새는 모든 것이 사라진 냄새이다. 땅을 아무리 파고들어가 그곳에서 금이나 보석을 발견한다고 하더라도 그런 것들을 지녔던 사람들의 냄새는 맡지 못한다. 발굴이 끝나고 발굴지를 내려올 때마다 흠칫 놀라서 나는 뒤돌아보곤 했다. 나와 동료들에게서 나던 짙은 땀냄새 때문이었다. 발굴 일로 머리가 지근거리던 나는, 그 냄새가 혹 발굴지에서 오래전에 살았

던 이들에게서 나던 냄새가 아닌가, 착각했던 것이다. 발굴지에서 언제나 나는 냄새가 그리웠다. 코를 킁킁거리며 땅에 코를 박고 습기에 젖어 막 발굴로 거두어낸 검은 흙의 내음을 맡으면, 이 무향은 아마도 폐허를 증언하는 것이라는 생각이 든다. 냄새라는 것은 거의 결정적으로 추억을 현재화시킨다. 냄새에 민감한 인간들이 가진 고초를 나는 짐작할 수 있다. 그들은 냄새가 환기시키는 모든 영상 앞에서 우울해하거나 즐거워하거나 가가대소하거나 혹은 고즈넉하게 삶의 한 시간을 즐기기도 한다. 냄새로 사로잡힌 삶이여, 죽은 지 오래된 인간들은 자신의 모든 냄새를 지우면서 드디어 흙으로 돌아간다.

그러나 나는 아직 살아 있으므로 냄새에서 자유롭지 못하다. 냄새는 자주 내 집중력을 무너지게 하거나 뜬금없이 현재의 내 시간을 아주 먼 곳으로 돌려놓기도 한다. 가을이 깊어갈 무렵이면 개천에서 살이 오른 미꾸라지를 잡아 추어탕을 끓이는 냄새를 나는 코 언저리에 놓고 지내곤 했다. 내가 자란 남쪽 지방에는 잘게 썬 방앗잎과 산초 가루를 넣어 추어탕의 맛을 내곤 했다. 그 독특한 냄새는 지금까지 나를 따라다닌다. 가을이 깊어갈 무렵이면 어디에 있든 나는 그 냄새를 그리워했다. 개천 바닥의 흙 속에서 요동치면서 사는, 미꾸라지라는 작고도 힘센 물고기의 살과 방아라는 독하고도 향긋한 냄새가 어우러진 그 물고깃국은, 모든 살아 있는 냄새가 어우러져서 소용돌이를 치다가 불 위에 달구어져 얌전하게 가을 밥상에 올려져 있었다. 바래가는 가을 노을녘에 식구들이 코를 박고 밥을 먹는 밥상 언저리에는 그리하여 살아 꿈틀거리는 자잘한 냄새가 그 물고깃국 냄새와 얽혀 있었다. 밥을 먹는 식구들의 등은 둥글했다. 밥을 먹느라 꿈지럭거리는 등과 어깨의 근육을 보면서 나는 언제나 콧등이 시큰해지곤 했다. 지금 저렇게 밥을 먹느라 움직이는 근육은 언젠가는 길을 떠나는 데 쓰일 것이다. 지금은 뿔뿔이 흩어진 식구들이지만 그때에는 한 지붕에 모여 살면서 그 물고깃국을 같이 숟갈로 떴다.

토요일, 시간을 내어 차를 타고 지금 내가 사는 곳에서 40분가량 떨어진 함이라는 작은 도시를 찾은 것은 그 도시에 있다는 아시아 식품점에 들르기 위해서였다. 지방 신문에 난 광고는 "히말라야, 이곳에서 당신이 찾는 아시아 식품을 발견하지 못하면, 당신은 비행기를 타고 아시아로 직접 날아가야 합니다", 라고 유혹했다. 주소를 들고 길을 물어 히말라야에 드디어 도착했다. 거대한 창고들이 즐비한 산업 지구의 한 귀퉁이에 그 가게는 있었다. 천 평도 넘어 보였다. 가게 문을 열고 들어갔다. 수천 가지의 양념이 한꺼번에 섞인 듯한 그 냄새에 나는 숨을 한번 크게 들이쉬어야 했다. 인도에서 중국에서 태국에서 버마에서 스리랑카에서 일본과 우리나라에서 온 그 많은 먹을거리와 양념, 그곳 한 귀퉁이

채소를 파는 코너에서 비닐에 싸여 있는 방앗잎을 발견했다. 무슨 거대한 발견이라도 한 양 그 앞에서 콩당거렸다. 태국 사람들은 그 잎을 호랍파라고 부른다고 했다. 그들은 그 잎을 넣고 태국식 카레를 끓인다고 했다. 시암바질로 유럽에 알려져 있는 그 방앗잎을 유럽인들은 회향과 계피와 정향이 뒤섞인 냄새가 난다고 말한다. 방아를 들고 콩당거리다가 갑자기 난감해졌다. 미꾸라지는 또 어디에서 구한단 말인가. 아니, 그런 것들을 꼭 먹어보자고 한 것은 아니었다. 감자와 양파만으로도 얼마든지 끼니를 때울 수는 있다. 다만 그 냄새만 간절했다. 냄새의 현재성이 무슨 제사 때 피워올리는 향처럼 내 추억을 그렇게 불러들이고 있었다.

　무덤을 발굴하는 것을 나는 그다지 좋아하지 않는다. 이집트 테베에 있는 투탕카멘이라는 소년 파라오의 묘가 발굴되었던 1922년, 텔레그램으로 발굴지의 소식이 영국으로 하루하루 숨 가쁘게 전해지던 그 나날들 동안 그 묘를 찾기 위해 10여 년 넘게 이집트를 헤맸다는 에드워드 카터의 성공은 유럽을 이집트 고고학의 열기로 뒤덮이게 했다. 그리고 몇 년이 지나고 난 뒤, 그 왕릉을 발굴한 발굴자들이 차례차례로 죽어가자, 말하기 좋아하는 사람들은 파라오의 저주라고 그들의 죽음을 정의하기도 했다. 그러나 그런 소문에 가까운 전설 때문에 무덤 파는 일을 저어하지는 않는다. 나중에 밝혀진 바에 의하면 그들이 죽어간 이유는 소년 파라오의 저주가 아니라 그곳에 있는 모기와 햇볕과 살갗을 온통 발갛게 들썩이게 하는 더위 때문이었다. 소년 파라오는 기원전 14세기경에 죽었고 그의 묘를 지키기 위해 그토록 신열을 다하던 제사장도 오래전에 죽었다. 죽은 자의 저주는 산 자의 삶 바깥에 있다. 틸리야테페라는, 지금은 아프가니스탄에 자리잡고 있는 한 폐허에서 옛 소련이 아프가니스탄을 공격하기 이전인 1970년대 에 어느 여왕의 무덤이 발굴되었다. 기원후 1세기나 2세기경 북 쿠샨 왕국의 여왕이라고 추정되는 한 여인이 금과 옥으로 만들어 진 장신구에 뒤덮인 채 묻혀 있었다. 그녀는 로마인들의 풍습대 로 죽음의 강을 건너가는 뱃삯인, 금으로 만든 동전을 입에 물고 있었는데 그 동전에는 로마의 왕인 아우구스투스의 후계자였던 티베리우스의 초상이 새겨져 있었다. 가슴 언저리에 그녀가 안고 있던 것은 로마의 여신인 역시 황금으로 만든 비너스상이었다. 그 발굴은 유럽과 박트리아 지방과 서중국의 관계를 밝히는 데 결정 적인 역할을 할 터였다. 발굴을 이끈 빅토아 이바노비치 자리아 니디라는 러시아 고고학자는 한 인터뷰에서 금 혹은 보물을 발굴 한 고고학자는 불행하다고 했다. 그는 그 무덤에서 수천 점이 넘 는 유물을 발굴했으나 전쟁이 났다. 그가 발굴한 금장신구들은 옛 소련이 아프가니스탄의 수도인 카불을 공격하기 전에 서둘러 카불 박물관으로 옮겨졌다. 그러나 수천 점에 이른다는 그의 발굴품은 전쟁의 와중에 사라졌다. 지금까지 10여 개만 다시 발견되었을 뿐, 그 수예품 중의 수예품은 아직 발견되지 않았으며 스스로 불행하다고 말한 그 고고학자는 그후에 다시는 그가 발굴한 유물을 보지 못했다. 그의 사진첩에 들어 있는 사진들만이 그의 발굴을 증언할 뿐이다. 그러나 그런 정치사적인 이유로 무덤을 발굴하는 것을 저어하는 것은 더구나 아니다. 첫번째 걸프 전쟁 후에 정체를 알 수 없는 사람들이 이라크에서 도둑맞은 유물들을 들고 유물 감정을 위해 연구실 문을 두드리는 것을 경험했던 동방 고고학자들은 고개를 흔들며 불운한 정치 현실과 현장 연구 현실 앞에서 실망을 했지만 누구도 그 실망 때문에 발굴을 포기하겠다고 나서지는 않았다. 왕릉을 발굴하는 불운, 혹은 행운은 누구나 경험할 수 있는 일은 아니다. 내가 무덤을 건드리는 것을 저어하는 까닭은 다만 죽은 자의 휴식을 정말, 방해하고 싶지 않기 때문이다.

작은 무덤들을 발굴하는 일은 그러나 고고학의 일상에 속한다. 마을이 있는 곳에는 산 자들이 있고 산 자가 있으면 죽은 자도 있기 마련이다. 그러므로 마을이 있는 곳에는 무덤도 있다. 꽃이나 음식이나 술을 들고 무덤을 방문하는 일은 죽은 자와 인연이 있던 산 자들이 아직 살아 있을 때 하는 일이지만 세월이 흐르고 나면 무덤을 방문하는 이는 도굴꾼 아니면 고고학자들이다. 어떤 맥락에서 본다면 무덤을 좇아다니는 도굴꾼과 고고학자의 내면은 비슷할 것이다. 보물찾기라는 내면을 고고학이 포기하기까지는 몇십 년의 세월이 필요했다. 현재 고고학자들에게 무덤은, 혹은 인간의 시체가 남긴 흔적들은 그 당시 평범했던 인간의 일상을 복원하는 데 중요한 역할을 한다. 1984년에서 1986년, 동런던에 있는 스파털필드의 교회 묘역에 있던 약 1천 개의 무덤이 고고학자들에 의해 정리된 적이 있다. 그 묘역에 묻힌 사람들은 대개 1647년에서 1852년 사이에 태어난 사람들이었고, 1729년에서 1852년 사이에 죽은 사람들이었다. 그 무덤에서 나온 뼈와 해골, 해골에 붙어 있는 이로 나이를 매기고 어떤 이유로 죽었는지, 그 당시 사람들의 키와 영양 상태는 어떠했으며 평균 수명은 얼마였는지를 현대인들과 비교한 이 연구는 사람의 뼈를 통하여 죽은 이의 나이를 정하는 데 결정적으로 정교한 기술을 개발하게 하기도 했다. 또한 많은 고고학자는 해부학자들과 함께 독재 정치나 인종주의 때문에 수많은 사람이 몰살당하고 난 뒤 생겨난 집단 무덤에서 뼈를 추리고 가려서 어떤 뼈가 어떤 사람에게 속했는지를 밝혀내 유족들에게 전하는 일도 한다. 코소보와 이라크에서 집단 무덤을 발굴하는 팀들이 그 예이다. 또 어떤 지역을 발굴할 때, 어떤 무덤에 대해서 고고학자들은 입을 닫아야 할 때가 더러 있다. 그 무덤 주인이 살아 있을 때 죽음의 원인이 되었던 불우한 정치사가 아직 그 지역을 덮고 있기 때문이다. 누구도 그 무덤들에 대해서는 말하기를 꺼린다. 아마도 그런 무덤들은 좀더 많은 세월이 지나고 나야 산 자들의 입을 빌려 무언가 말을 할 수 있을 것이다. 그러나 오늘처럼 그 살육의 현장을 보고 나면 눈을 감고 싶어진다. 죽은 자의 몸이 남긴 흔적들, 이를테면 골반뼈가 두 동강 나 있거나 손가락뼈가 하나도 없는 손들, 발뼈가 달려 있지 않은 다리뼈들. 폭력의 흔적은 세월이 그렇게 지나도 사라지지 않는다.

무덤을 들어낸 적이 있다. 철기 시대에 살았던 한 소년의 무덤이었다. 소년의 무덤은 스무 개 정도의 무덤이 몰려 있는 곳 제일 가장자리에 자리잡고 있었다. 고해부학을 하는 이들에 의하면 무덤이 열리는 순간 고해부학에 필요한 정보의 많은 부분은 이미 손상된다고 한다. 오래된 무덤 내부가 신선한 공기와 접촉하는 그 순간부터 해골이나 뼈에 들어 있는 정보가 변질된다는 것이다. 왕릉 같은 부장품이 기대되는 거대한 무덤이 아닌 경우, 고해부학자들이 발굴에 참여하는 경우는 거의 없었으므로 학교에서 배운 대로 하는 수밖에 없었다. 언젠가 발굴된 해골이 실험실에서 제로라디오그래피(엑스레이와 사진 촬영의 중간쯤에 해당하는 이 기술은 흔히 발굴된 해골의 내부를 관찰하는 데 쓰인다)를 통하여 더 많은 정보를 주기를 기원하며 어설프게 무덤을 열 수밖에 없었다. 무덤을 열자 관은 이미 삭은 후였고 관의 모서리를 덮고 있던 철고리만 흙 속에서 빠끔하게 드러나 있었다. 삽으로는 더이상 흙을 들어낼 수 없었다. 치과 의사들이 사용하는 작은 연장들과 붓이 필요했다. 연장통을 열었다. 무덤 발굴을 위하여 준비한 연장이 햇빛 아래에서 번쩍거렸다. 나는 연장을 집어들었다. 햇빛 아래로 드러난 잔재는 빛에 아주 민감하다. 조금이라도 거친 손질을 하면 금방이라도 부서질 터였다. 있는 그대로 흙을 걷어내고 뼈만을 얌전하게 거두어내야 했다. 붓을 들고 해골에 붙은 흙을 가만가만 털어냈다. 아침 파리가 코로 입으로 앵앵거리며 들어왔다. 손으로 가라가라 쫓으며 골반뼈까지 드러냈다. 아직 머리는 흙에 묻혀 있었다. 더 작은 붓을 들고 머리에 붙은 흙을 숨을 아끼면서 털어냈다. 드디어 아직 소년인 그의 뼈가 해 아래로 나왔다. 소년은 책상다리를 하고 누워 있었다. 그 당시 매장 풍습대로였다. 소년의 손 가까이에는 작은 종지 두어 개가 놓여 있었고 종지 안에는 곡식알과 대추씨가 돌처럼 딱딱하게 굳은 채 담겨 있었다. 나는 아직도 가지런하게 해골에 붙어 있는 소년의 이를 바라보았다. 가지런하고 단 하나의 이도 상하지 않았다. 그 이로 소년은 무엇을 씹었을까. 무덤을 열 때 확 코로 끼치던 젖은 흙의 냄새는 햇빛 속으로, 바람 속으로 점점 사라지고 있었다. 1미터 20센티미터쯤 될까. 그 무덤의 크기와 해골과 뼈를 자로 재어 기록을 하고 스케

치하면서 나는 한나절을 소년과 함께 보냈다. 오후의 햇빛은 뜨거워서 두통으로 머리가 지끈거렸다. 나는 그에게 말을 건네보았다. 왜 이렇게 어린데도 죽었는지, 이름은 무엇인지, 뭘 잘 먹는지. 마치 첫 그룹 미팅에 나온 것처럼 나는 이 소년과 히히닥거리고 싶었다. 그러나 아무리 그에게 말을 건네도 그는 대답하지 않았다(바보 같으니라구. 뭘 바랐는가, 이 소년이 살을 입은 몸처럼 그렇게 입술과 혀를 꿈적거려 너에게 말을 하리라고 믿었는가). 곤욕스러웠다. 아마도 나는 그와 말을 트고 이 이야기, 저 이야기 하고 싶었던 것 같다. 마치 산 사람과 터놓고 지내는 것처럼 그와 터놓고, 그 철기 시대의 한 저잣거리에서 일어난 이야기 같은 걸 나누고 싶어했는지도 모르겠다. 수메르어를 나에게 가르쳐주시던 분은 가끔 농담처럼 이런 말씀을 하시곤 했다. "생각해보세요. 우리가 시간 여행을 할 수 있다면, 그래서 그 당시 수메르인들이 살던 때를 방문할 수 있다면, 여러분이 배우는 이 수메르어로는 아마 시장에서 빵 한 개도 살 수 없을 거예요. 우리가 배우는 수메르어는 죽은 언어이고, 기록되어 전해져오는 문어이고······" 수메르어 문법으로는 대가에 속하는 분이었는데, 한평생을 한 언어만을 연구하고도 그 언어로는 고대의 시장에서 빵 한 개도 살 수 없을 거라는 그분의 회의는 퍽이나 쓸쓸했다. 그 쓸쓸함을 나누고 싶지 않은 나는 그래서 그 햇빛 아래에서 해골에게 말을 걸고 있었던 것이다. 소년을 이해하고 싶다는 이 로맨틱한 과욕을 버리면 과학이라는 길을 갈 수도 있을 것 같은데 그러기에는 좀 답답하지 않은가. 이 소년의 뼈와 해골을 분석해서 철기인들에 대한 정보가 담긴 자료를 좀더 보태는 것이, 사실 고고학 현장 작업을 하던 그때 나의 숙제였는데, 그 숙제를 끙끙거리고 하면서도 나는 내 숙제라는 것이 이 소년과는 아무 상관이 없다는 생각을 하고 있었다. 만일 내가 죽어 몇천 년 뒤에 이렇게 발굴이 된다면 그 뼈는 나와 무슨 상관이 있겠는가. 해 아래로 드러난 그에게서는, 그의 손 가까이에 놓여 있던 종지에서는 아무런 냄새가 나지 않았다. 그의 어미였을까, 그에게 곡식과 대추가 담긴 종지를 놓아둔 이는. 종지 안에서 돌처럼 굳은 곡식알과 대추씨를 작은 구멍을 낸 비닐 포장지에 담았다. 고식물학을 하는 이가 실험실에서 이 곡식알과 대추씨를 분석할 것이다. 그러면 적어도 이 곡식알이 밀알인지 보리알인지 뭔지를 우리는 알 수 있을 것이다. 그러나, 그 냄새는.

휴일, 아무도 없는 폐허지를 산책하다가 그늘에 앉아 물을 마시며 내가 판 텅 빈 무덤을 바라보노라면, 글쎄, 그 죽음이라는 것, 그리고 살아간다는 것이 냄새가 있고 없고를 넘어 다정하게 어깨를 겯고 있다는 생각이 든다. 조금 쓸쓸한 것은 어떤 실험실도 내가 기억하는, 유럽인들이 시암바질이라고 부르는 방앗잎의 냄새를 뼈에서 찾아낼 수 없을 거라는 것, 살아 있다는 것이 그래서 그렇게 즐겁다는 것도. 혹은 죽은 뒤가 되면 어떨까, 물고깃국을 함께 먹던 식구들의 그 등을 나는 기억할까. 아마도, 저 돌처럼 딱딱해진 곡식알과 대추씨처럼, 그렇게.

서재 안의 흰고래

1884년 10월 12일. 그날은 매주 열리는 비문과 문학 아카데미의 모임이 파리에서 있는 날이었다.

그곳에는 무슨 큰 서재의 서가처럼 보이는 것이 있었고 그 서가에는 점토판이 차곡차곡 쟁여져 있었습니다.

드 사르젝E. de Sarzec, 1832~1901은 그렇게 발굴 결과를 보고했다. 발굴 보고에 의하면, 그가 '점토판의 언덕'으로 부른, 텔로의 한 발굴 영역에는 수천 개의 점토판이 줄을 이어 세 겹 네 겹 진흙으로 만든 서가 위에 놓여 있었다는 것이다. 이날을 기억하는 이는 아마도 이 지상에서 드물 것이다. 그러나 이날, 그가 발견했다는 서가의 점토판은 수메르인, 혹은 그들이 남긴 유산 연구의 시작을 알리는 것이었다. 점토판은 기원전 2500년에서 2000년 사이로 연대가 매겨지는, 현재 텔로라는 지명으로 불리는 곳에 자리잡고 있던 도시 라가시의 국가 문서실에서 발견되었다. 그 문서실 안에 보관되었던 문서들은 우르 제3왕국의 정치 경제의 구조를 밝히는 데 둘도 없는 역할을 할 터였다. 지금까지도 그렇게 방대한 국가 문서실이 발견된 적은 없다.

텔로는 남이라크 바스라의 프랑스 부영사관이었던 드 사르젝이 1884년에 발굴을 시작한 이후로 드 사르젝이 죽고 난 뒤 크로라는 장교가 그 발굴을 맡았으며, 다시 크로가 북아프리카로 이전 명령을 받고 그곳으로 가서 죽은 후 문헌학자이며 수도사였던 드 즈뉴약이 발굴을 했고, 그의 조교였던 파로가 드 즈뉴약의 뒤를 이어 발굴을 했다. 발굴 작업은 돈이 많이 드는 프로젝트이며 유물이 많이 발굴될 것으로 보이는 유적지에는 많은 이가 이런저런 이해관계에 얽혀 있기 마련이다. 드 즈뉴약이 그곳을 발굴할 당시 발굴 작업 지원은 프랑스 루앙 박물관과 미국에 있는 박물관인 캔자스시티가 했다. 당연히 유물은 바그다드와 루앙과 루브르, 그리고 캔자스시티 박물관으로 나누어졌다.

드 사르젝이 그곳을 발굴할 때부터 텔로는 유럽인 발굴자들, 유럽의 정치인들, 오스만터키의 정치인들, 도굴꾼과 장사꾼들이 들끓었던 곳이었다. 드 사르젝이 그곳에서 발굴했던 점토판들은 발굴이 시작되기 전부터 바그다드 미술 시장에서 뒷거래되던 물건이었다. 그는 여덟 번의 발굴을 통하여 3만여 개의 점토판을 발굴했고 그 점토판은 유물 나누기 법에 의해 당시 이라크를 점령하고 있던 오스만터키 제국의 수도인 이스탄불과 발굴자의 나라 수도인 파리로 나누어 옮겨졌다. 도굴꾼에 의하여 발굴된 점토판은 약 3만 5천여 개, 점토판들은 미술품 시장을 통하여 전 세계로 흩어졌다. 드 사르젝이 발굴하는 동안에도 현지인들은 부지런히 점토판을 발굴 현장에서 훔쳐다가 바그다드 장사꾼에게로 넘겼고 발굴 휴지기에는 극성스러운 도굴이 마치 마마처럼 그 폐허 도시를 휩쓸고 다녔다.

도굴로 희생된 유적지는 텔로뿐만이 아니다. 남이라크에 있는 많은 유적지는 마치 달의 표면 같은, 구멍이 숭숭 뚫려 있는 모습을 하고 있는데 그 구멍들은 도굴꾼들이 만든 것이다. 미술 시장에서는 값을 올리려는 장사꾼들과 값을 낮추려는 구매자들이 팽팽하게 대결을 했고 또한 그 발굴 결과를 시기하던 몇몇 고고학자들은 점토판에는 아무런 연구 가치가 없는 '영수증'의 내용이 적혀 있다고 했다. 그 당시 니푸르를 발굴하고 있던 고고학자 힐프레히트는 "상대적으로 연구 가치가 적고 모노톤의 내용만이 반복되는 그 점토판 문서는 문헌학을 공부하는 이들에게 아무런 흥미를 이끌어내지 못할 것"이라고 그의 책에다 적기도 했다. 아마도 텔로가 그렇게 유명해지지 않았다면, 그 도시의 문서실은 지금도 그 폐허 안에 폐허인 채 묻혀 있을 것이다. 장사꾼과 정치가들이 고고학에 간섭을 하지 않는 세월에 발굴이 되었다면 우리는 그 폐허지에 남겨진 유물들을 폐허가 되던 그 시간에 가깝게 복원할 수 있었을지도 모른다. 한 폐허 도시의 문서실, 그 폐허 도시의 심장이 아직 움직일 때 그 피돌기를 담당하던 문서실. 그러나 모든 문맥이 지워진 채 박물관의 '지하층'에 보관되어진 그 흙을 이겨서 만든 고대 문서들은, 그러나 그들이 우리에게 알려줄 수 있는 사실 가운데서 한 부분만을 우리에게 알려줄 뿐, 다른 한 부분에 대해서는 영원히 입을 다물 것이다. 아니 그들의 입은 강제로 닫힌 것이다.

베를린에 있는 페르가몬 박물관에서 실습생으로 일할 때 나는 처음으로 박물관의 '지상층'과 '지하층'을 경험했다. 내가 정의하는 '지상층'이란, 어떤 박물관이 가지고 있는 가장 좋은, 즉 보여질 만한 유물들이 모여 있는 곳이다. 좋은 빛과 좋은 유리곽, 온도가 있는 곳이며 항상 많은 사람이 드나드는 곳이다. 그 박물관이 소장하고 있는 제일 빛나는 유물들이 친절한 설명과 함께 전시되어 있으며 전시방마다 안전요원이 어슬렁거리고 있고, 그 유물들

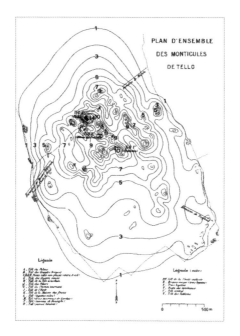

그림 : 유적지 텔로의 지형도.
출전 : 드 사르젝, 『칼데아에 대한 발굴Découvertes en Chaldée』, 파리, 그림 B.

을 보기 위하여 박물관을 방문한 이들이 조심스러운 걸음걸이로 왔다갔다한다. 페르가몬 박물관 전시실에 들어서면 제일 먼저 시선을 압도하는 페르가몬 신전을 장식하던 벽 조각들, 신전의 벽을 떼내어 복원한, 페터 바이스가 그의 소설 『항거의 미학Die Ästhetik des Widerstands』의 첫머리에서 유려하게 묘사하던 그 신전의 벽에 새겨진 신의 조상들. 빛이 잘 들어오게 한 박물관 안에 그 신의 조상들은 눈석고로 복원되어 있다.

이 제단의 석조물이 페르가몬 박물관의 시작이었다고 한다. 페르가몬은, 지금은 베르가마라고 불리는 서소아시아에 있는, 헬레니즘 시대에 강대했던 도시였다. 페르가몬 신전 제단은 기원전 180년에서 160년 사이에 에우메네스 2세라는 당시 페르가몬의 왕이 제우스와 아테네를 위하여 봉헌했다. 20만 개에 이르는 어린 소의 말린 가죽에 새겨진 문헌들을 소장하고 있었다는 그 도시의 도서관은 헬레니즘 시대, 지성인의 명소였다. 페르가몬은 고대의 마지막 중요한 의사라고도 일컬어지는 갈렌의 고향이기도 하며 갈렌은 그곳에서 의학을 공부할 수 있는 중요한 철학 교육을 받기도 했다.

페르가몬 신전의 흔적은 취미 고고학자이며 도로를 건설하는 기술자이기도 했던 독일인 휴만에 의해서 1864년에 발견되었다고 한다. 그는 도로 공사를 하던 중 우연히 이지미르라는 터키의 도시에서 한 인부를 보게 된다. 인부는 석고로 된 부조품 조각을 갈아서 화덕에 넣어 태우고 있었다. 집을 짓는 재료로 다시 이용하기 위해서였다. 휴만은 공사를 중단시키고 그 부조품 조각을 사들였다. 헬레니즘 고고학의 전문가들은 곧 그 부조품이 비잔틴 시대에 파괴당한 페르가몬 제단의 일부라는 것을 알아내었고 연이어 1878년부터 발굴 작업에 들어갔다. 70개의 프리즈판과 셀 수 없는 그 파편들이 발견되었다. 이 프리즈판들이 터키에서 독일 베를린으로 오게 된 배경에는 20세기 초, 유럽을 사로잡고 있던 힘 위주의 정치 상황과 깊게 연결되어 있다. 그 당시 터키법에 의하면 유물을 발견한 사람이 발견된 유물의 3분의 1을 가질 권리가 있었고, 그 유물이 발견된 땅주인이 3분의 1, 그리고 국가가 3분의 1을 가질 수 있었다고 한다. 그러니 터키 사람들은 그 당시 발견된 제단 부조 가운데 3분의 2를 가질 권리가 있었다. 협상이 계속되었고 그 결과로 독일인들은 터키 사람들의 몫을 사들였다고 한다. 그 협상 뒤에는 독일의 황제였던 빌헬름 2세와 터키 술탄 압둘 하미드 2세의 친분 관계가 큰 힘으로 작용했다. 강대한 제정을 꿈꾸었던 빌헬름은 그 제정이 수도인 베를린을 파리 못지 않은 화려한 도시로 꾸미고 과시하고 싶어했으며, 그 가운데 고고학은 그의 힘 정치의 수단으로 얼마간 이용되기도 했다. 거대한 유럽 박물관들의 '지상층'은 이런 현실 정치와 밀접하게 연관되어 있고, 그런 현실들이 박물관의 유리창을 통하여 전시실을 비추면 그 안에 보여지기 위하여 앉아 있는, 혹은 서 있는 많은 물건은 정치권력의 허깨비처럼 보이기도 한다. 베를린에 있는 페르가몬 신전과 그 신전 안에 살고 있는 신들은 소아시아에 있던 페르가몬이라는 고향을 떠나, 이를테면 가난한 나라에서 따뜻하고 잘 보살펴주는 유럽 가족으로 입양된 아이들 같다는 생각을 나는 하곤 했다. 신들이여, 혹은 입양된 아이들이여, 그 안에서 행복하기를, 고향을 묻지 말기를.

'지하층'이란 박물관이 소장하고 있는 자료들과 전시실에 들어가지 않은 유물들이 다음 전시를 위하여 기다리고 있는 곳이다. 혹은 전시를 할 수 없는, 많은 이에게 아무런 관심을 불러일으키지 못하는 소장품들이 창고에 갇혀 있고 많은 발굴 자료와 도서관과 유물을 수리하는 곳이기도 하다. 과시 정치 시대가 지나가고 난 뒤에 박물관 '지하층'은 지상층을 보조할 뿐 아니라 지상층만큼 중요해진다. 지상층에서 유물을 관람하는 이들은 박물관 입구에서 티켓을 사 박물관 안으로 들어가지만, 지하층으로 들어가는 사람들은 열쇠를 가지고 박물관 건물의 작은 출구를 통과하거나 출입을 허락받은 명패나 서류를 입구를 지키는 안전요원에게 보여주고 그 작은 출구를 통과한다. 그 박물관의 실습생이었던 나는 일반 관객들이 드나드는 커다란 문을 지나서 수백 미터 떨어져 있는 다른 문을 통하여 지하층으로 들어가곤 했다. 페르가몬 박물관은 박물관섬에 있다. 박물관섬 안에 있는 다른 두 개의 박물관과 함께 그 박물관 역시 인공 수로에 둘러싸여 있다. 지하층 어느 방에서 바깥을 바라보면 내 눈 가까이로 물이 출렁거렸다. 지하층에 있는 유물들을 관리하고 자료로 정리하는 일을 나는 그때 배웠다. 이를테면 20세기 초에 이라크나 터키나 시리아에서 발굴된 유물들의 박물관 번호와 발굴 번호를 컴퓨터에 집어넣는 일. 바빌론이나 아수르나, 친칠리라는 발굴지에서 20세기 초에 발굴되어 그 박물관에서 또 한 세기를 보낸 유물들, 석상 조각이나 구리 모형 틀, 토기나 철바늘 들의 번호를 컴퓨터에 집어넣으면서, 나는 가끔 멜빌의 소설 『모비딕』에 나오는 어떤 사서를 떠올리곤 했다. 내 기억이 틀리지 않는다면, 소설은 그 사서가 모은 흰고래에 대한 기록으로 시작된다. 그 사서가 하필이면 왜 흰고래에 대한 기록을 모았는지 나는 잘 알지 못한다. 하나, 그 모으는 행위, 그리고 모아진 것들을 전체로 바라보고 있으면 이 세계에 널려 있는 어떤 '사실'이나 사실에 의지한 '민담' '설화'나, 학문적인 '언술'이나, '편견'이나 하는 것들이 각각 다른 시기에, 다른 이들의 손에 의하여 모여진 그 조각이 갑자기 전체가 되어 움직이기 시작한다는 느낌을 받는다. 고래는 바다에 있으나 또한 모으는 자의 작은 서재 안에서 헤엄친다. 서재 안의 고래는 바다에서 헤엄치며 살아가는 고래가 아니다. 그들은 한 형상으로부터 갈라진 두 존재이다. 유물과 유적지의 관계도 그러하다고, 창 너머로 오후의 햇빛을 받고 출렁이는 인공 수로의 물을 바라보면서 가끔 나는 그런 생각을 했다.

그 실습 기간 동안 나에게 박물관 일을 가르쳐주던 사람 좋은 박물관 문헌학자는 나를 데리고 박물관 점토판 창고로 가서 그 창고에 차곡이 정리되어 있던 텔로에서 온, 그리고 아마도 미술 시장을 통하여 박물관이 사들였을 그 점토판들을 보여주었다. 그날 나는 처음으로 점토판이라는 것을 내 눈으로 보았다. 사각형에서 둥그런 모양을 한 약 10센티미터쯤 되어 보이는 점토판에는 쐐기꼴로 쓰여진 문자들이 세 개나 네 개의 곽으로 나뉘어 쓰여져 있었다. 드 사르젝의 발굴 결과를 학문적으로 정리하는 데 결정적인 역할을 했던, 그 당시 루브르 박물관 사람이었던 외치의 숙적이며 그들의 성공을 시기했다는 문헌학자 파그뇽이 '세탁소 목록'으로 가치를 깎아내렸다는 경제 문서였다. 나는 문득 점토판 한 귀퉁이에 있는 서너 개의 지문을 발견했다. 덜 마른 진흙을 이기면서 남겨진 한 수메르인의 지문이었다. 나의 지문과 마찬가지

그림 : 페르가몬 신전의 제우스 제단 부조 중에서.
출전 : 샤르보노J. Charbonneaux, 마틴R. Martin, 빌라드F. Villard, 『그리스의 예술 IV. 헬레니즘 시대의 그리스 Die griechische Kunst IV. Das hellenistische Griechenland』, 1977년, 287~288쪽.

로 나선형으로 된 선이 나란히 중심을 향하여 정렬되어 있었다. 나는 갑자기 눈시울이 붉어졌다. 인간의 지문이 가지는 그 등성이 같은 아련한 선은 인간이라는, 아련한 곡선을 그 존재 기반으로 가지고 싶어하는 종의 흔적을 전해주는 듯했다. 나는 그 순간, 그 고대인을 이해할 수 있을 것 같은 착각을 하고 있었다. 마치 흰 고래에 대한 기록 하나를 새로 수집한 서기처럼 나는 그 순간의 느낌을 머릿속에 박아두었다.

논문을 쓰기 위한 밑바탕 연구를 하기 위해 루브르 박물관에서 한동안 체류한 적이 있었다. 루브르 박물관의 '지하층'은 박물관에서 몇백 미터 떨어진 가건물 안에 있었다. 내부 수리 때문에 박물관의 도서관과 자료실, 그곳에서 일하는 이들이 임시로 마련된 가건물 안에 들어와 있었던 것이다. 나는 텔로에 대한 발굴 기록을 찾고 있었다. 자료실에는 그 발굴 기록의 원본이 없었고 발굴된 유물 목록만이 번호가 매겨진 채 목록철 안에 들어 있었다. 햇빛이 잘 들어오는 가건물 안, 자료실 책상에서 나는 목록철을 끄집어내어 드로잉으로만 남아 있는 유물들을 다시 습자지에다 그려넣고 목록 안에 든 정보를 그 옆에 적어두었다. 습자지는 연필이 지나갈 때마다 신경질 많은 바스락거리는 소리를 내고 있었다. 그때마다 나는 침을 꿀꺽 삼켰다. 나는 자료를 베끼는 어설픈 연구자였다. 내가 베낀 자료는 다시 내 공부방에 있는 텔로라는 한 폐허 도시의 기록 목록철에 들어갈 것이다. 그리고 내가 자료를 다 모으고 나면 텔로는 아주 다른 흰고래가 되어 내 방안에서 어슬렁거릴 것이다.

점심시간이 되면 루브르 정원을 어슬렁거리다가 뤼 드 리볼리를 지나 일본 초밥집을 찾아가곤 했다. 초밥집에는 키가 작은 여자들과 남자들이 미소를 넣고 끓인 국이나 비린내가 나는 연어 조각이 얹힌 초밥을 마치 공중을 날아다니는 무사 같은 삼엄한 표정을 하고 나르고 있었다. 점심시간이라 시끄러운 초밥집 귀퉁이에 앉아 튀김이나 초밥을 기다리며 나는 루브르 정원의 벤치에 앉아 있던 여자를 생각했다. 박물관으로 일을 하러 가는 동안 나는 매일 그녀를 보았다. 여자는 작은 가방 하나와 스무 개쯤의 비닐봉지를 지니고 있었다. 오랫동안 옷을 갈아입지 못하고 몸을 씻지 못한 듯 그 옆을 지나갈 때 나는 숨을 멈추어야 했다. 여자는 이 세계를 다 겪어낸 피곤한 얼굴을 하고 담배를 피우곤 했다. 그녀의 피곤한 얼굴은 마치 폐허를 몸소 살고 있는 것같이, 고요했고 허탈했다. 나는 그녀에게 적은 금액의 지폐를 건네줄 수가 없었다. 그 표정 앞에서 잔뜩 주눅이 든 까닭이었다. 나는 그 여자에게 그런 표정을 선물한 세계의 일부가 된 느낌이었다. 마지막 날, 일을 끝내고 그 가건물을 나오면서 나는 내가 잡은 흰고래

뭉치를 잔뜩 배낭에다 짊어지고는 루브르 정원을 헤매며 여자를 찾았다. 지폐를 건네주는 것이 나을 거라는 생각 때문이었다. 매일 마주치던 여자는 그날 그곳에 없었다. 우리가 현재를 살아가는 도시나 마을들도 고고학적인 상상력에 의하면 언젠가는 발굴을 할 수 있는 잠정적인 후보에 속한다. 영원히 지속되는 도시는 없다. 한편으로 지금은 번화한 도시인 로스앤젤레스가 버석이는 거센 잡풀로만 이루어진 스텝이었다는 것을 기억한다면, 인간이 살아가는 터의 흥망성쇠를 우리는 쉽게 짐작할 수 있을 것이다. 인천국제공항에서 나와 셔틀버스를 타고 그곳에서 용인에 있는 언니의 집까지 가면서, 만일 오랜 세월이 지나서 사람들이 떠나 버린 폐허가 된 서울을 누군가가 발굴한다면, 하는 생각을 한 적이 있다. 그 상상은 끔찍했다. 저 맘모스 도시에서 살던 그 많은 이가 어디로 갔단 말인가, 그리고 그들을 누가, 어떤 삽으로 발굴한단 말인가. 마치 그 여자를 놓친 것이 언젠가는 폐허가 될 어떤 도시 한 귀퉁이에서 마지막 인기척을 놓친 양, 나는 허탈해졌다. 나는 멀리 보이는 루브르 정원의 분수가 해를 받아 되쏘아내는 빛을 향하여 얼굴을 돌렸다. 그 순간 내 얼굴도 그런 폐허를 겪어낸, 게다가 바다에는 없는 흰고래 뭉치를 잔뜩 짊어진, 그러니까 그 여자가 지니고 있던 스무 개쯤의 비닐봉지보다 어쩌면 못할, 짐을 짊어진 양 피곤해졌다. 기차를 탈 파리의 동부역까지 길은 멀었는데 나는 한 발짝도 움직이지 않고 분수를 멀리서 바라보고 있었다.

늘어진 시계, 20센티미터의 여신

7월 말, 기온은 50도를 웃돌고 있었다. 시리아의 도시 하마에서 고대 로마 제국 시대의 오아시스 도시, 팔미라로 가는 중이었다. 발굴팀의 소풍날이었다. 스텝 지역을 지나는 버스 안은 숨을 쉴 수 없을 만큼 더웠고 운전을 하는 모하메드가 틀어놓은 덜컹거리는 노래들은 더위에 시달리는 낙타처럼 헐떡거렸다. 발굴팀은 대부분 차창에 머리를 기대고 졸고 있었다. 가방 속에서 물병을 꺼내면 물은 마치 두통을 앓는 아가를 근심스럽게 들여다보는 어미처럼 불안하게 물병 안에서 흔들거리고 있었다. 나는 하마의 작은 식당에서 먹었던, 단 한 조각도 소화되지 않은, 구운 물고기를 위장에 담고 버스 좌석의 한 귀퉁이에 기대어 가까스로 그 더위를 견뎌내고 있었다. 버스 차창으로는 희미하게 스텝의 풍경들이 스처지나갔다. 늘어진 길과 그 길에 드문드문 돋아 있는 작은 가시나무들, 길을 따라 서 있는, 도무지 어딘가로 전기를 보낼 수 없을 것 같은 어수룩한 전신주들과 전신주들이 이고 있는, 솜씨 나쁜 기술자가 얼기설기 엮어놓은 듯한 전선들, 여기저기 버려져 있는 드럼통, 검은 비닐봉지들. 이 스텝 지역은 인간의 기술이 어른거리는 곳이었다. 도착한 것도 아니고 도착하지 않은 것도 아닌 인간의 기술이 스텝의 해 속에 고요하게 갇혀 있는 이곳을 나는 1970년대에 만들어진 듯한 덜컹거리는 버스를 타고 드문드문, 버려지고 무너진 중세의 성과 수도원을 지나고 있었다. 어른거리는 먼지와 거친 햇살. 이 스텝 지역을 지나간 많은 사람은 오아시스 도시 팔미라를 기대하며 낙타를 타고, 더이상 낙타조차 무거운 몸을 가누지 못할 만큼 지치면 다시 낙타를 끌고 이곳을 지나갔을 것이다. 나는 우리의 낙타인 버스가 제발, 그냥 우리를 끌고, 쉬지 않고 오아시스로 갔으면 했다.

시간은 이곳에서 유난히 해를 오래 붙잡아두는 것 같다. 도시와 스텝 지역의 시간은 우리의 시간 계산에 의하면 같은 길이를 가지고 있을 것이나 우리의 몸은 주변에 의해서 시간을 아주 다르게 안아들인다. 일테면, 스텝의 시간은, 내 몸의 감각에 의하면, 느리고 게으르고, 혹은 빛깔로 말한다면 갈빛과 회빛을 띠고 있다. 이 스텝의 빛이 내 몸으로 들어오면, 갑자기 나는 오랫동안 쉬지 않고 물 없는 길을 걸은 듯 피로하고 외로워진다. 시간은 차창과 스텝 사이에서 느릿느릿, 지나가고 있었다. 아니, 시간은 물고기 조각들이 위장을 거슬러 올라와 식도 근처를 건드릴 때마다 정지되었다가, 찬 땀이 한 움큼 지나가고 난 뒤, 다시 느릿느릿, 그리고 다시 정지되었다. 이 정지된 시간은 시간의 농축액 같다. 시간이란 시간이 모두 다 한 극점에 밀려와 자신의 '흐름'의 농축액 방울을 내 감각 안으로 한 방울 한 방울 떨어뜨린 것 같다. 찬 땀이 올라와 시간이 정지된다 싶을 때마다 어느 순간이 정지된 화면처럼 내 머리를 꼭 붙들어매었다. 장티푸스에 걸렸던 어린 날이었다. 바깥으로 나가는 것이 금지되어 나는 문이 꼭꼭 닫힌 얕은 천장이 있는 방에 식혜 솥처럼 이불을 꽁꽁 둘러맨 채 누워 있었다. 바깥으로 나가면 죽는다, 가만 누워 있어, 라고 어머니는 몇 번이고 다짐을 했고 그도 모자라 문에다 자물통을 달아두었다. 죽는다, 라는 말에 겁에 질렸던지, 나는 이불 속에서 꼼지락거리지도 않고 누워 있었다. 문을 아주 조금 열어 어머니가 끓여서 방으로 넣어주곤 하던 미음 주발이 내 머리맡에 있었다. 미음 주발에는 작은 숟갈이 걸쳐져 있었다. 지금 내가 밥을 떠먹는 숟갈보다는 훨씬 작은, 태어난 지 6년 되는 입만한 크기의 숟가락. 나는 입술을 조금 꿈쩍거려보다가 손가락을 이불 속에서 말아쥐어보았다. 숟가락으로 가는 길은 멀고도 멀었다. 내 손가락은 그러나 숟가락으로 가려고 했다. 곡식을 넣고 끓인 그 가냘픈 식량을 내 목으로 넘기면 이 작은 방에서 나갈 수 있다는 생각을 그때의 나는 하고 있었던 걸까. 천장에는 비가 새어든 자국이 어둑한 어느 나라의 지도처럼 번져 있었다. 그 순간, 은 기억나는데 그 순간, 내가 무슨 생각을 하고 있었는지는 기억이 나지 않는다. 그 방, 사각의 작은 방, 어둡고 침침하고 작은 격자 창문으로 희미한 빛이 들어오던 방, 자꾸 감기는 눈으로도 집히는 먼지를 마치 별가루처럼 비추어주던 빛. 그 방에서 죽지 않고 살아나왔으니 세월이 그렇게 지나고 난 뒤 이 스텝을 건널 수 있는 시간을 가질 수 있건만, 그 순간, 내가 무슨 생각을 하고 있었는지 기억조차 나지 않는, 몇 개의 그림으로만 남은 그 순간이 하필이면 소화되지 않는 물고기를 위장에 담고 스텝을 건너던 그때 기억나는 것은 무엇 때문인지. 다시 한번 물고기 냄새가 코로 밀려올라와 더이상 버스 안에 있을 수 없다는 생각이 들었을 때 나는 모하메드를 불렀다. 모하메드는 길가에 차를 댔다.

가시수풀 사이에서 나는 물고기를 토해내었다. 내 속에 든 냄새와 함께 극악하게 바깥으로 나온 물고기의 살은 물고기라는 형체도 없이 스텝의 태양 아래에 널브러져 있었다. 물고기, 라는 형체도 없이, 물고기로 살았던 시간의 흔적도 없이, 내 속에서 살이 소

그림 : 샤틸휘이크의 벽화.
출전 : 아미에, 『고대 오리엔트의 예술』, 그림 14.

화되던, 아니 소화되려다 만 시간만이 먼지를 입은 녹빛 가시덤불 밑에 나둥거려져 있었다. 어떤 생물학적인 존재가 인간으로 진화되는 동안 어떤 존재는 물고기로 진화되고, 어떤 존재가 땅에서 땅으로 이동을 하는 동안 한 강물 안에서 다른 강물 속으로 헤엄쳐다녔을 다른 존재는 드디어 먹고 먹히는 관계로 어떤 강가의 작은 식당에서 만났다가 다시 헤어지는 순간이었다. 나의 냄새와 물고기의 육질 냄새가 엇갈리고 섞여 이렇게 마른 초원 지대에 덩그렇게 놓여 있다. 나는 그 냄새나는 시간을 물끄러미 바라보았다. 늘어진 시계, 하나, 다시 버스에 올라탔다. 스텝에 두고 온 늘어진 시계 하나. 그리고 위장은 비었다.

스텝의 해는 아직도 중천이었다. 빈 위장으로 잠시 선잠에 들었다가 다시 눈을 떴다. 군인을 태운 지프차 하나가 휑하니 지나갔다. 지붕이 없는 지프차 속에 통조림 속의 정어리처럼 차곡차곡 쟁여 있는 소년 같은 군인들이 하얀 이를 드러내고 웃으며 우리가 탄 버스를 향하여 손을 흔든다. 군인들이 어디로 가는지는 알지 않는 게 좋다. 마치 바쁜 일이 있는 양 지프차는 빠르게 우리 시야에서 사라졌다. 스텝 지역의 한 무더기 군인은 그러나, 소년 같은 얼굴 때문인지 다시 눈을 감고 난 뒤에도 눈앞에 어른거렸다. 앙카라 고고학 박물관에서 샤탈휘이크라는, 곤야 고원에서 약 50킬로미터쯤 떨어져 있는 한 신석기 유적터에서 발굴된 벽화를 본 적이 있다. 그곳에서 채굴된 C14 연대 기록에 의하면 기원전 약 6000년에서 5000년 사이에 그 유적지에 사람들이 살았고, 흑요석을 갈고닦아 작은 연장이나 무기를 만들어 팔거나 사냥을 했다고 한다. 그곳에서 발견된 흑요석을 잘라서 갈아 만든 거울을 기억한다. 거울은 아마도 어떤 여인의 무덤 부장품이었을 것이다. 작고도 납작한 흑요석 거울은 천으로 싸여 있었던지 그 오랜 세월에도 천의 흔적이 남아 있었다. 흑요석 거울에 자신의 모습을 비추어보았던 신석기의 여자는 지금 내가 거울을 보는 것과 같은 마음으로 거울을 보았을까. 흑요석 거울에 컴컴하게 어른거리던 신석기 시대의 여자가 아직도 그 거울에 담겨 있을 것 같아 나는 한

참 그 거울을 들여다보았다. 그 거울에는 신석기 여자도 나도, 그 누구도 보이지 않았다.

벽화에는 들소와 작은 사슴들과 사슴만한 크기의 사냥꾼들로 보이는 사람들이 그려져 있었다. 거대한 황갈빛의 들소는 벽화의 한가운데에 벽화 면의 3분의 2 이상을 차지하며 마치 땅과 하늘을 잇는 들보처럼 완강하게 서 있었다. 긴 사각형의 몸체와 길고 두꺼운 머리와 반달의 눈은 위로 향해 있었고 짧은 네 개의 다리는 몸체에 비해서 다소 빈약한 느낌을 주지만 언제라도 하늘로 뛰쳐오를 것 같은 힘이 다리를 가득 채우고 있었다. 들소의 뿔은 하늘을 향해 솟았고 거대한 입은 다물어져 있었으며 몸뚱이는 사냥꾼의 가냘픈 몸, 수백 정도를 깔아뭉갤 수 있을 정도로 컸다. 반면 사슴과 사람들은 들소를 그리고 난 뒤의 작은 문양인 양 여백을 채우는 데 쓰이고 있는 것 같았다. 나는 사냥꾼들이 스텝 지역을 지나간 소년 같은 군인들 같다고 차창에 기대며 생각했다. 길손처럼 서로 스쳐간 그 군인들, 하얀 이와 군복으로만 기억되는 군인들은 신석기 시대의 사냥꾼처럼 익명이었다.

사냥꾼들은 그 거대한 들소를 사냥하려 들지 않을 것 같았다. 벽에 흩어져 그려져 있는 사냥꾼들의 머리는 사방으로 향하고 있었다. 그들의 손에 들린 무기들 역시 사방으로 향하고 있었다. 이 거대한 들소는 사냥꾼에 둘러싸여 있었으나 사냥꾼에게서 아무런 위협을 느끼지 않는 양 거대한 존재 그 자체를 드러내고 있었다. 인간이 도구를 만드는 존재Homo Faber가 된 지는 거의 1만 년이 넘었다고 한다. 1974년 유럽에서 가장 오래되었다는, 프랑스의 브리우드에 있는 실락이라는 곳에서 발견된 인간의 손으로 만들어진 도구가 고고학계에 발표된 적이 있다. 세 개의 석기였다. 하나는 쳐서 다듬은 자국이 선명한, 잘라 다듬은 석영, 다른 하나는 역시 쳐서 다듬은 흔적이 있는 반 개의 석영, 마지막 하나는 물결무늬 모양의 모서리를 가진, 앞면과 뒷면을 쳐서 다듬은 흔적이 남아 있는 돌이었다. 친다, 라는 것은 인간이 도구를 만들기 시작하면서 제일 먼저 얻어진 기술이었다. 이 치는 기술은 유럽뿐 아니라 아프리카, 아시아, 어디든 인간이 만들어낸 최초의 도구에 등장한다. 아마도 이 기술은 디퓨저니스트들이 주장하는 대로 어느 한곳에서 발명되어 세계의 곳곳으로 전파된 것이 아니라 인간들이 살았던 곳곳에서 동시에, 필요에 의해서 발견된 기술일 것이다. 내가 그 벽화에서 본 사냥꾼들은 치는 기술에서 가는 기술, 그리고 치고 가는 기술이 합쳐진 도구들을 만들 줄 알았던, 기술이 형성된 최초의 시간에서 아주 먼먼 길을 걸어온, 인간들이었다. 그러나 그들은 여전히 익명이었다. 자신의 거처인 동굴 안에서 치거나 갈리던 소리들이 메아리처럼 울리던 시간을 지나서 땅 위에 집을 지을 수 있던, 지금 내가 사는 시간에서 그리 멀지 않은 인간들. 높이가 1미터가 넘고 넓이가 3미터가 넘는 이 벽화를 그린 신석기인들의 심중을 나는 읽어낼 수 없다, 는 생각이 들면서 그 벽화 속의 들소는 나를 압도해오기 시작했다. 벽화에 그려진 들소의 표정은 아주 세밀하게, 심지어 그의 꼬리털까지 그려진 반면, 사냥꾼들은 실루엣으로만 그려져 있었다. 표정 없이 머리라는 기호로만 그려진 머리, 를 가진 신석기인들 앞에 서서 길을 묻는 아이처럼 나는 처량해지기 시작했다. 그들이 표정을 그렸다면 그들에게 좀 가깝게 다가설 수 있을 것 같았기에 왜, 사냥꾼들의 표정을 그리지 않았는지 나는 그 벽화를 그린 이에게 묻고 싶은 심정이 되었다. 들소가 무서웠는지, 사냥이 즐거웠는지, 시간에 쫓기고 있었는지, 사냥이 아닌 다른 일을 하고 싶었는지, 식량 창고가 비었는지, 그리고, 그 모든 일상은 그들에게 무엇이었는지. 지금을 살아가는 나라는 인간과 신석기를 살아가는 인간은 어떻게 같은지, 어떻게 다른지. 그 사냥꾼들은 사내였는지 아니면 여성이었는지, 남녀를 구별할 수 있는 아무런 물증 없이 그려진, 사지가 있으므로 인간으로 보여지는 그들. 우리가 365일, 혹은 1년이라고 부르거나, 아니면 52주, 라고 부르는 시간에 대한 감각이 그들에게도 있었는지, 그들도 우리처럼 밤과 낮, 을 우리의 밤과 낮처럼 여겼는지. 그 모든 기술의 발달, 이라는 사이를 두고 원감각이라고 부르는 감각을 우리는 정말 공유하고 있었는지. 무엇인지.

그 신석기인들과 나라는 존재의 차이는 무엇인지. 인간이 그림을 그리기 시작한 이후로 그 그림 속에 인간의 표정을 그릴 수 있을 때까지, 그리고 그 표정이 인간의 개인성을 표현할 수 있기까지에는 많은 시간이 걸렸다. 신석기인들은 인간인 자신에게 아무런 표정을 주지 않았다.

프랑스의 루피냑에 있는 선사 동굴을 발굴하고 그 동굴 안에 그려진 벽화를 연구한 루이스 르네 누기에에 의하면 유럽 지역에 산재한 선사 벽화에 인간이 등장하는 것은 아주 드물다고 한다. 루피냑의 유적은 샤탈휘이크보다 5000년 이상 오래되었다. 그들은 맘모스, 들소, 무소를 그렸지만 인간을 그리는 데 아주 인색했다고 한다. 그 이유를 많은 선사학자는 일상적인 것에는 주술적인 힘이 없어서, 라고 설명을 하기도 한다. 즉, 인간이 누군가, 혹은 무엇인가를 그리는 '예술' 행위는 주술적인 힘을 기대하는 고대 심리에서 시작되었으며 인간은 자신과 동류인 인간에게서는 주술적인 힘을 발견하지 않는다는 것이다. 이 선사학자들의 설명에 따른다면 샤탈휘이크의 들소를 사냥하던 신석기인들은 그들이 가장 두려워하던 대상을 가장 크게 그려둠으로써 그들이 가진 한 대상에 대한 두려움을 극복하고 사냥에 주술적인 힘을 불러내어 사냥감을 포획하려고 한다, 라는 해석이 가능하다. 일종의 고대

그림 : 샤탈휘이크에서 발굴된 신석기 시대의 여신상.
출전 : 아미에, 『고대 오리엔트의 예술』, 그림 16.

인의 심리 치료에 해당하는 이런 설명은 마치 심리 장애가 있는 아이에게 심리 치료를 위하여 그림을 그리게 하는 것에 다름없다. 스텝 지역을 달리는 버스 안에서 늘어진 시계 하나를 어느 길모퉁이에 버려둔 나는 이런 설명이 마뜩찮다. 설명되지 않는 고대 현상을 우리가 살아가는 생각의 습관으로 해석하는 것은 허당을 짚는 것과 같다. 스텝의 풍경을 생애의 어느 시간으로 지니고 지금 이 글을 쓰고 있는 나에게 내가 지나갔던 스텝의 추억은 무엇인

가. 달리는 늘어진 시계를 나뭇가지에 걸쳐두고 그 앞에 그의 여름 별장이 있던 카다케스의 해변을 그려놓고는 '회상의 지속성'이라는 제목을 그 그림에 붙여두었다. 늘어진 시계에서 흐르는 시간은 직선인가, 구부러져 있는가, 규칙적으로 '흐르고' 있는 시간인가. 그리고 그 시간 속에서 형성된 회상은 또 어떤 모양을 하고 있는가. 알 길 없는 나는 다만 우리들이 기억하는 석기 시대의 인간은 우리들이 해석할 수 없는 늘어진 시계 속에 들어 있다는 생각을 할 뿐. 그리고 장티푸스에 걸려 혼자 있던 방, 이불 속에서 숟가락으로 가는 길이 멀고도 멀었던 그 순간, 아마도 죽을 수도 있을 거라는 위협에 잔뜩 주눅이 들어 있던 한 어린아이의 순간을 겹쳐놓을 뿐.

루피냑 동굴의 한 통로에서 발견된, 누기에가 '아담과 에바'라고 불렀고, '서로 맞대고 서 있다'라는 성과 성이 대결하는 듯한 거친 표현을 거부했던 남자와 여자의 머리. 누기에는 그들의 포즈를 "얼굴과 얼굴을 마주하고 있다"라고 표현했다. 그는 한 남자가 한 여자를 발견하는 것, 혹은 한 여자가 한 남자에게 끌리는 것, 인간이 서로 껴안고 쓰다듬고 하는 순간, 그 사랑의 순간이 인간이 탄생되는 순간이라고 말한다. 그런데 그 얼굴에도 표정은 새겨져 있지 않다. 언제 인간은 인간의 표정을 발견했을까, 그 표정을 연구하고 그림으로 새겨두었을까, 스텝을 지나가는 나는 거친

가시나무들 사이에 서 있는 폐허 도시들을 건성으로 바라보면서 인간의 표정을 인간이 그리던 시간을 생각한다. 그 순간, 인간이 인간에 대해, 사랑이든, 미움이든, 무엇이든 표현하는 순간, 그 순간에 시간의 어떤 길이 새로 열렸을 거라는, 막연한 느낌을 가진다. 그리고 다만 나에게 먹혔다가 다시 내 바깥으로 나온 물고기의 시간이 먹이사슬에 엮인 자연의 시간이기를 바라며, 어서어서 팔미라의 오아시스 도시에 있는 기둥 길이 보이기를 바라며 스텝을 지나가고 있었다.

끝으로 그 박물관에서 보았던 작은 신상 하나. 그 박물관 안에는 역시 샤탈휘이크에서 발견된 벽화의 탄생 시기보다는 조금 늦은 진흙으로 빚은, 크기가 20센티미터쯤 되는 여신상이 진열되어 있었다. 여신의 머리는 이미 떨어져나가고 없었으나(머리 없는 여신 앞에서 나는 또 그녀의 표정을 그리워하고 있었다) 그녀는 그녀를 지키는(혹은 그녀가 지키는) 동물 둘을 거느리고 좌대에 아직도 앉아 있었다. 그녀의 젖무덤은 아래로 처져 있고 뱃살은 겹쳐져 있었으며 허벅지는 두툼하고 질퍽했고 무릎에는 깊고도 둥근 금이 새겨져 있었다. 그녀의 몸은 둥글고 그득했다. 그녀의 크기는 20센티미터였다. 20센티미터의 여신상이 여신상을 만든 인간의 어떤 마음을 담았는지, 나는 알 길은 없으나 만일 그 여신이 인간의 어느 일상을 풍요롭게 만들어주었다면 족하다는 생각, 20센티만큼의 작은 인간의 일상. 노을이 퍼져갈 무렵, 버스는 스텝을 천천히 빠져나갔고 그리고 팔미라가 보였다. 내 위장은 텅텅, 비어 있었다. 오아시스여, 우리에게 밥과 물을 주소서.

기억과 기역, 미음과 미음

몸이 아주 아팠다. 나는 창에 유리를 끼우지 않은 시리아의 사무마라는 작은 마을 초등학교 건물에 누워 있었다. 바람이 많은 탓에 창에는 유리를 끼우지 않는다고 했다. 유리들은 사흘거리로 찾아드는 모래바람에 다 깨어져 날아가버릴 것이므로. 햇빛은 유리 없는 창을 통하여 무심하게, 그리고, 살벌하게 쏟아져들어오고 있었다. 발굴 숙소였다. 물이 달라지면서 생긴 병이라고 했다. 그곳에 도착하고 난 뒤 며칠 동안은 날것을 먹는 것을 조심해야 했는데 오이와 토마토로 만든 샐러드를 겁 없이 집어먹었던 것이 탈이 난 모양이었다. 그런 샐러드 말고는 목구멍으로 음식을 넘길 수 없는 더위 탓이기도 했다. 발굴팀이 다들 발굴을 하러 나가고 없었다. 나는 발굴을 하러 나갈 수가 없었다. 발굴 팀장과 발굴 숙소의 안 일을 보던, 발굴팀의 어머니 역할을 하던 이가 걱정스러운 얼굴로 나를 들여다보고 있었다. 열이 오르고 50도가 웃도는 더위에도 추웠다. 항생제를 먹어야 할지 어떨지, 금방 나에게 민트 차와 말린 빵을 가져다주던 모하메드가 그들에게 물었다. 열을 내리기 위하여 그 귀한 얼음을 띄운 물에 적신 수건을 내 다리며 이마에 얹어주던 발굴팀의 어머니는 하루만 더 기다려보자고 하는 것 같았다. 나는 그들이 움직이는 모습을 안개 저편에서 어른거리는 들판을 보듯 어스름하게 듣고 있었다. 발굴팀의 어머니는 나를 일으켜 내 입가로 마른 빵과 민트 차를 가져다주었다. 나는 그 마른 빵을 아주 오래 우물거려야 했다. 내 침과 그 마른 빵이 섞여 근기가 날 때까지 소처럼 우물거리다가 따뜻한 차 한 모금으로 그 근기를 넘겨야 했다.

그런데 기역 선생님, 혹은 'ㄱ' 선생님, 이라고 불러도 될까요, 이곳에서 제 모어의 첫 자음자인 기역으로 시작하는 성을 가진 선생님께 무언가 말씀을 드려보려고 선생님의 성을 입으로 구물거리다가 그 기역이 기억이라는 말과 아주 닮아 있다는 것을 생각하게 되었어요. 자음과 모음 구별 없이 '아'로 시작해서 'ㅂ' 'ㅅ' 'ㄷ', 그리고 다시 모음 '에'로 이어지는 알파벳과는 달리 우리글에는 모음, 자음을 구별하지요. 알파벳에서는 'ㄱ'이 일곱번째 해당하는 음인데 우리글에서는 'ㄱ'이 첫번째의 자음이에요. 당시 한글을 만들었다는 집현전 학자들이 가진 음운 체계와 그 체계의 밑에 깔린 세계를 들여다보는 그들의 어떤 의도가 'ㄱ'을 자음 첫머리로 올리게 한 것인지 저는 알 길이 없지만 마른 빵을 열로 말라가는 침으로 근기를 만들어 목구멍으로 넘기려던 저는 갑자기 기역 선생님을 떠올리게 되었고 기역, 이라는 한 문자를 가리키는 말이 기억이라는 인간의 어떤 행위를 가리키는 말과 음으로 따졌을 때 아주 닮아 있다는 생각에 이르러, 갑자기 목이 메고 말았습니다. 제 기억 가운데 가장 힘이 센 기억 몇 개는 제가 떠나온 고향에 관련된 것인데 그 고향이라는 것을 떠올리면, 그 고향이 저의 여성성을 얼마간의 세월 동안 제가 포기하게 된 원인이라는 생각이 들지요. 그런데 자음 첫머리에 올라와 있는 하필이면 'ㄱ', 그 자음이 아버지, 오라비와 같은 남성의 이미지들을 가지고 있는데, 기역이라는 문자의 이름이 기억이라는 말과 그렇게 닮아 있다니요. 어떤 의미에서는, 기억을 한다는 것은 한 인간이 자신을 가장 낮은 곳에 가져다두고 어디 가장 깊은 곳으로 들어가는 일인데 그것은, 물론 제 생각이지만, 아주 여성성에 가까운 행위 같거든요.

　일주일 동안 더위 속에서 꼬박 앓았던 나는 일주일 치의 항생제를 먹고서야 자리를 털고 일어났다. 몸무게는 7킬로그램가량 줄어 있어서 가지고 온 발굴 작업 바지를 다시 입었을 때 허리끈을 동여매야 했다. 낯선 곳에서 몸이 아플 때 속수무책이 되곤 하던 경험을 그렇게 자주 했는데도, 이 낯선 시리아의 마을에서 몸이 아프고 난 뒤 나는 점점 말을 잃어갔다. 이곳에서 말은 아주 여러 종류이다. 독일어와 영어, 프랑스어와 덴마크어, 그리스어, 아랍어가 공존하는 발굴 숙소에서 한국말이 모어인 이는 나, 한 사람뿐이었으므로, 이 지구 저편에 있는 누군가에게 편지를 쓰지 않는다면 나는 모어로는 누구와도 통신을 할 수 없을 터였다. 이런 상황도 그리 낯선 상황은 아니다. 독일에서 살고 공부를 하게 되면서 모어로 통신을 하지 않았던 셀 수 없는 나날들을 나는 이미 살아온 뒤였다. 그러나 이 발굴 숙소에서 아팠던 나날들이 아마도 나를 얼마간 약하게 만들었는지 문득, 내 앞에서 웅웅거리는 모어가 아닌 말들 속에서 나는 기력을 잃고 있었다.

기역 선생님, 몸이 아플 때, 모든 것이 귀찮아지면서 귓가로 아주 느정거리며 지나가는 바람마저도 칼에 덴 듯 쓰릴 때, 누군가가 외국어로 저에게 말을 붙입니다. 저는 대꾸를 하는 대신 머리를 끄덕이거나 가로젓거나 합니다. 모어가 아닌 말로 무언가 대꾸를 할 때는 긴장이 필요하지요. 말과 몸이 서로를 비비고 있다가 서로가 서로의 한 부분인 양 그렇게 나오는 게 아니라, 머리에서 주어와 목적어와 동사가 정해지고, 그 주어가 가주어인지, 그 목적어가 가목적어인지가 다시 정리되어지고(이렇게 수동형이라는 우리말에서는 좀 껄끄러운 문장 형태를 택하는 것은 아마도 그런 과정이 자동적으로 이루어지지 않을 것이라는 저의 생각 때문이지요), 또 그 동사가 목적어를 수반하는지, 혹은 목적어를 수반하지 않는 동사인지 다시 한번 생각하고. 말이 머리에서 나와 몸 바깥으로 나가 타인의 머릿속으로 들어가서 다시 타인의 몸 바깥으로 나와야 하는 그 복잡한 과정을 저의 아픈 몸은 싫다, 귀찮다, 하고 있었어요.

발굴지에서 나는 그러므로 말을 하지 않고도 할 수 있는 일을 찾았다. 햇빛 아래에서 이제 막 드러난 돌담장의 흙을 붓으로 털어내는 일, 그리고 그 돌담장의 조감도를 그리는 일이었다. 내가 발굴을 하고 있던 그 현장은 신전이 있던 곳이었고 이제 막 돌머리가 드러나기 시작한 담장은 여느 담장이 아니라 사원의 중앙문 앞에 나 있던 행려길의 담장이었다. 사원 중앙문은 동쪽으로 나 있었으므로 그 행려길 역시 해가 뜨는 동쪽으로 나 있었다. 사원에서 나와 사원의 행려길을 걷는 것은 해를 향해서 나가는 길이었다. 거꾸로 말하면 행려길로 들어와 사원으로 가는 길은 해를 등지고 해에서 멀어지는 길이었다. 발굴된 행려길은 거의 100미터 쯤 되었다. 본래 행려길이 얼마나 길었는지는 발굴이 끝나고 나야 알 수 있는 일이었다. 행려길의 오른쪽 담과 왼쪽 담은 거의 50미터 정도의 폭을 가지고 있었다. 나는 그 50미터가량의 넓이 사이에서 마치 행려꾼처럼 고개를 숙이고 배를 땅에 대고 때로는 해를 향하여 붓질을 하고 때로는 해를 등지고 붓질을 하고 있었다.

고대 근동의 사원은 언제나 사원이 있던 그 자리에 세워진다. 그러므로 사원터가 정해지면 그 터는 몇천 년 동안 사원 자리가 된다. 누가 이 도시에 살든, 이 도시에 사는 사람들은 몇천 년 전부터 사원이 있던 자리에 사원을 세우는 것이다. 새로 사원을 짓는 사람들은 옛 사원에서 쓰여지던 성물을 지반을 판 뒤 그 안에 묻고는 땅을 다진다. 다진 땅 위에는 새 사원이 올라온다. 올라온다, 그렇게, 마치 유카나무의 둥치를 자르면 유카의 새로운 푸른 몸이 그 둥치에서 다시 올라오는 것처럼. 뿌리에서 그렇게 많은 새 몸을 올라오게 하는 유카의 힘은 아마도 유카나무가 겪어낸 진화의 역사에서 만들어진 것이겠지만 사원이 있던 자리에서 몇천 년 동안 새 사원들이 올라오는 것은 무엇 때문인지. 허물어진 오래된 사원이 아직 새 사원일 적에 행려길을 지나가던 수많은, 사원을 향하여 가던 사람들. 도시 축제가 열릴 때, 신상을 싣고 행려길을 통과하던 장식이 잘된 수레와 그 수레를 타고 가던 도시를 다스리던 군주며, 그 군주를 향해 몸을 숙이던 이들. 사원이 거두어들이던 세금을 내기 위해 곡식이나 사원 저편에 있던 도살장에서 막 잡은, 아직도 피가 더운 양이며, 혹은 싱싱한 마늘이나 파를 짊어지고 사원의 세금 관리에게로 향하던 사람들. 사원의 부엌에서는 제물을 끓이는 냄새가 진동하고, 제물을 성전으로 나르던 이들의 발걸음이 분주하고, 그때 그들의 말소리들이 해가 중천으로 떠오를 때 그 햇빛만큼이나 강대하게 이 사원을 휘돌고 있었던 그 시절. 그 시절의 끝에는 사원에 세워져 있던 많은 힘센 성물이 그들이 힘셀 때 누리던 권력과 함께 철거되고, 그 성물들이 마치 온순하게 병든 이들의 사지처럼 고요하게 땅으로 들어가며, 부엌이 있던 자리에는 그 부엌에서 나온 흰 재들이 뿌려지며, 그 위에 새로운 흙을 덮어 그 오래된 사원을 봉하고, 그 위에 새 사원을 위한 테라스가 세워질 때. 사원은 사원의 무덤 위에 새 사원을 짓고, 드디어는 그 누구도 그 위에 새 사원을 짓지 않을 때. 그 사원 자리의 전통에 간섭을 받지 않고 살아도 될 만큼의 세월이 흐른 뒤에 이 지상을 어슬렁거리는 사람들이 아이를 낳고 기르고 하는 시간. 이 폐허 사원 자리의 침묵. 인기척이 사라진 그 자리, 침묵.

기역 선생님, 그 자리, 그런 침묵이 몇백 년 지나가고 난 뒤 한 이방인이 이곳으로 들어와 붓질을 하며 이곳의 부서진 담장의 흙을 붓으로 털어내며 행려길을 걷고 있습니다. 제게 사원은, 마음이 어지러울 때 찾아가는 곳이에요. 누군들 그럴까요, 저는 마음이 아무리 어지러워도 누구에게도 의지하지 않는 이들을 알고 있는데 그들 가운데 한 이는 사원이라는 것이 결국 인간을 위로할 수 있을까, 하고 반문했어요. 그렇지요, 그 위로를 위로가 아니라고 생각하는 이들에게 사원은 이 지상에 세워진 한 집에 불과할 뿐이지요. 저 역시 그 위로를 영원한 위로라고 생각하지 않지만 이방에서 사는 삶이 누추하고 제 모어가 아닌 말의 일상이 견딜 수 없어질 때, 벗들은 멀리 있고 저의 가족마저 저를 위로할 수 없을 때 마치 신심 깊은 인간인 양 사원을 찾곤 했습니다. 아마도, 저의 개인적인 가족사가 저를 그렇게 만들지 않았는지, 가끔 저는 제게 물어볼 때가 있었어요. 아버지가 쓰러지시고 난 뒤, 저는 하는 수 없이 가장이 되었는데, 한 가족의 가장이 된다는 일은 저라는 한 여성이 가진 여성성을 포기해야 하는 일이기도 하더군요. 강해져야 하고 타인과 경쟁해서 살아남아야 하고(이긴다, 라는 표현을 삼가는 것을 보면, 그 시절에도 여성성이라는 것을 포기하는 것이 그리 힘들었나봅니다), 제가 저를 부추기고, 내일이면 식구들의 먹이가 있는 곳으로 가야 하는 것. 저는 그 일을 직접 해보고서야 한 가족의 생계를 떠맡는 많은 이가 살벌하게 이 지상을 떠도는 이유를 알 것 같았어요. 그 시절, 여성인 제가 여성성을 포기하고 서울을 어슬렁거릴 적, 더는 안 된다, 라는 생각이 들 때마다 사원을 찾았어요. 그때 서울에 있던 한 사원은 공사중이었지요. 사원 뒷문에는 시멘트와 모래와 벽돌이 쌓여 있었고 그 주위에는 공사를 잠시 멈추고 쉬고 있던 이들이 옹기종기 앉아 깍두기를 두고 양은 주발에 철철 넘치는 막걸리를 마시고 있었어요. 사원에서 불공을 드리고 제를 올리는 승려들은 절 안에 있고 절을 고치는 이들은 절 바깥담에 기대어 '고달픈 신'에게 드리는 제를 올리고 있던 셈이었지요. 다행히 날씨는 좋았으므로 그 제가 비에 젖지 않아 저는 참으로 좋았습니다. 절 뒷문의 지붕은 높고도 높아서 절 안이 아니라 절 바깥에서 지내지는 제마저 저 먼먼 하늘로 이고 오를 것 같았지요. 저는 그 제를 행여 방해라도 할까봐 먼치에서 짐짓, 길 지나는 것처럼 걸음을 하고 있었습니다.

붓질이 끝나고, 조감도를 그릴 수 있을 만큼 담장이 드러났을 때, 나는 연필과 지우개와 삼각자를 가방에서 끄집어내었다. 언제나 들고 다니는 커다란 화판에 모눈종이를 얹어 테이프로 고정을 하고 그 위에 다시 건축 습자지를 깔고 테이프로 고정했다. 발굴된 담장은 이 자리에 있던 초기 청동기 시대에 세워진 사원으로부터 철기 시대에 지어진 마지막 사원까지 사용했던 모양이었다.

첫 사원이 아직 발굴되지 않아서 정확하게 알 수는 없었지만, 그러나 거의 2000년 동안 사용된 것으로 추정되는 행려길의 담장을 그리기 위해 다시 줄자를 팽팽히 담장에 대고 그 줄자의 팽팽함을 유지하기 위해 줄자의 끝을 못침에다 묶고 그 못침을 땅에다 박았다. 그후 대자를 들고 나는 담장 위로 올라섰다.

돌로 지어진 담장이라 그렇게 오랜 세월이 흘렀는데도 내 무게 하나쯤은 실을 수 있을 만큼 건재했다. 담장 위에서 애써 균형을 잡으며 나는 저 너머에 출렁거리는 이 담장보다 2000년가량 젊은 유프라테스의 강줄기를 막아 만든 거대한 인공 호수를 바라보았다. 호수는 2000년가량 더 젊은 호수였으나 그 호수가 향하고 있는 하늘이나 해는 담장보다 더 나이가 많을 것이었다. 그리고 허물어진 담장 위에 남은 돌을 그리려고 올라서 있는 나는 이 담장보다 훨씬 어린, 그러나 이 담장보다 훨씬 먼저 사라져갈 아주 작은 존재에 불과했다. 하늘이나 해에 비하면 더 말할 것도 없이. 갑자기 땀이 비 오듯 흘렀다. 이곳에 부는 바람은 인간이 흘린 땀을 흐르게 내버려두지 않고 땀샘에서 땀이 나오는 순간 하얗게 말려버리는데 그 바람조차 내가 그때 흘린 땀을 말리지는 못하는 것 같았다. 나는 땀을 흘리며 측량사가 나에게 준, 바지 주머니에 들어 있던 종이를 끄집어내었다. 측량사는 돌이 위치한 방위를 측량해서 나에게 주었다. 남북위의 숫자였다. 남 2003, 북 502, 혹은 남 2015, 북 406 등과 같은 방위 숫자가 측량사가 준 종이에 빼곡히 박혀 있었다. 나는 담장 위에 쪼그리고 앉아 모눈종이의 모눈을 세어 그 위에 올려져 있던 건축 습자지에다 점으로 그 숫자들을 일일이 표시하기 시작했다. 한 지점에서 점찍기가 끝나면 마치 행려자처럼 쪼그려 앉은 걸음으로, 돌이 높이 솟아 있어 그 앉은걸음조차 마땅치 않으면 기어서 다른 지점으로 갔다. 해는 언제나 나를 따라왔다, 앉은걸음과 기는 걸음 사이사이에 해는 눈과 손을 할퀴고 지나갔다. 그리고 그 숫자들이 모눈종이 위에 점으로 다 찍혀졌을 때, 나는 한숨을 후, 내쉬며 십자 방위를 종이 한 모퉁이에 그리고 위쪽에 '북'이라고 표시하고는 담장 위에 앉았다. 비처럼 흐르는 땀을 닦아냈다. 그 숫자들과 십자 방위가 나를 돌이 있는 위치로 인도하여 정확하게 그리게 할 것을 바라며. 아니 내가 1대 50으로 헤아려 모눈종이에 찍은 지점이 정확하기를 바라며.

나는 종이를 물끄러미 바라보았다. 건축 습자지는 빛을 되비추어내지 않아 그 빛 가운데도 오래 바라볼 수가 있었다. 그 종이에 표시된 점들은 아주 작은 개미처럼 보였다. 개미들은 종이 위에 가만히, 마치 이 지점을 떠나 저 지점으로 가면 길을 잃을 것처럼 앉아 있었다. 그 개미처럼 보이는 점들은 이 담장을 지은 인간들에 대한 마지막 기억을 몇천 년이 지나고 이곳에 온 다른 인간이 표시한 것이었다. 어떤 이가 이 담장을 지었는지 나는 모른다. 사원의 바깥에서 사원으로 오는 인간을 위하여 담장을 만든 이에 대한, 그이의 생애에 대한 기억은 하나도 없이 나는 그가 지은 담장, 이제는 무너진 담장의 잔적殘跡만을 종이에 기록할 것이다.

기역 선생님, 저는 그 담장에 쪼그리고 앉아 있다가 드디어 누워버렸습니다. 항생제의 힘이 그렇게 세었는지, 일주일 넘어 자리에 누워 있던 저는 견딜 수가 없었나봅니다. 가만가만 바람이 저를 스치며 지나갔다는 것, 만이 기억나는데, 그 너머, 그 어두운 너머, 누군가가 달각거리고 있었어요. 눈을 떠서 누군지 보고는 싶은데 볼 수가 없었어요. 그런데 달각거리는 누군가가 저 너머에 있었습니다. 물소리가 나고 빠각거리는 소리가 나고 잠시 후 물 끓는 소리, 그리고 가는 내음, 하나, 곡식이 물속에서 끓고 있는 내음. 그 내음이 코에 스치는가 했더니, 누군가가, 그 딸각거리던 누군가가 저를 일으켜 입속으로 곡기를 넣고 있었어요. 미음, 이었습니다. 한글 자음에 다섯번째에 해당하는 'ㅁ'이라는 자의 이름은 '미음'이지요. 그 음이 가지고 있는 맑고도 청량한 기운. 미음, 미음이라고 한 자음이 가진 아련한 소리, 입술을 벌려 그 소리를 내면 혀는 입천장 어디에 붙어 있는지, 아니라면 혀는 입천장의 한가운데에 떠 있는지. 그 음이 곡식을 끓인 진한 물을 가리킨다는 생각이 들면서 제 몸에서 그렇게 사납게 흘러나오던 땀은 서서히 멎어가고 있었습니다. 순한 물이 들어오니 사나운 물이 자리를 비끼는 거라, 저는 생각해두기로 했습니다. 그때쯤, 그런 순한 물을 받아들이면서, 저는 어딘가에 제가 두고 온 저의 여성성이 순하게 제게 돌아오는 기척을 느꼈습니다. 혹, 그 여성성은 단한 번도 저를 빠져나간 적이 없었을까요, 그 누군가가, 어떤 남성성인지, 혹은 제 속에 들어 있던 저의 본래 여성성인지, 저는 알 수는 없었으나, 그러나, 기역 선생님, 다시 제가 눈을 떴을 때 저는 누군가가 덮어둔 담요 밑에 있었어요. 유리가 없는 창이 많은 발굴 숙소였어요. 그 담요 밑에서 저는 이런 생각을 했을 성도 싶습니다, 이 담요 밑을 빠져나가면 이 지상에 저처럼 어슬렁거릴 누군가를 만날 거라는. 그리고 그와, 혹은 그녀와 함께, 이 지상 한편의 평화로운 인간성을 만들 거라는 것도⋯⋯

바다 바깥

1

지난 1년 동안 거의 10여 년 어슬렁거리던 공간들을 글로 적었다. 바빌론에서부터 글은 시작되었다. 1년 동안 내내 그 고대 도시에서 얼마 멀지 않은 지역은 '수니트의 삼각지대'라는 이름으로 불렸고 어미와 아비를 잃은 아이들이 어슬렁거리는 곳으로 변해갔다. 군인들은 집 대문을 발로 차고 들어가서는 젊은 남자들을 끌어내었다.

늙은 여자들은 손으로 머리를 때리며 울었고 아이들은 벽 앞에 쪼그리고 앉아 군인들을 바라보았다. 팔루자에서는 인질을 고문하던 방이 발견되기도 하고(이 나라의 독재자가 사라지고 난 뒤에도 이 나라에서는 고문이 계속되었다) 그 방에서 촬영되었다는, 사람이 사람의 목을 2~3분간에 걸쳐 잘라내는 장면이 텔레비전을 타고 세계 곳곳으로 전해졌다. 폭력이 길어올리는 폭력의 난장판(나는 이 전쟁이 앞으로도 이 세기에 우리가 아주 자주 직면하게 될 국제 시민권 침해에 직접적인 책임이 있다고 믿는다. 그리고 점점 우리는 서로가 서로의 적이 되어갈 것이다. 폭력을 당한 이도, 그것을 행한 이도 그 경계가 불분명해지는 이 수상한 불안을 우리는 오랫동안 견뎌내어야 할 것이다). 바빌론이 강성하던 시절로부터 2000여 년이 지나고 난 뒤이다. 2000년, 이라는 세월. 바빌론이 세계의 도시로 오리엔트와 유럽 지역에서 명성을 드날릴 때, 그때의 유럽인들이나 오리엔트인들은 아메리카 대륙이 대서양 저 너머에 있다는 것을 몰랐으며 2000년 뒤 그 아메리카에 자리잡은 한 나라의 군인이 이 지역을 이렇게 사납게 스치고 다닐 것이라는 것도 몰랐다. 아니 그들은 그들의 도시인 바빌론이 어느 한 시절이 지나 폐허가 되고 고작 기록과 기억 안에서만 존재하는 도시가 되리라는 것, 혹은 그들 개개인의 운명, 어쩌면 아침에 저녁 식탁에 무엇이 올라올지도 몰랐을 것이다. 긴 세월 앞에 서 있는 한 인간의 시간은 너무나 작아서(혹은 너무나 짧아서), 무슨 예언이나 점성 같은 것에 의지하여 때로는 그 시절을 견디어보려고 하나, 그때 바빌론의 점성가나 짐승의 간을 들여다보며 앞일을 예언하던 사제들도 아메리카 대륙이 있어서 몇천 년 뒤에 그들의 땅에 군인을 보내리라고, 점성 혹은 예언하지는 못했다. 10여 년이라는 세월도 나 같은 작은 인간에겐 버거운 시간이다. 그런데 2000여 년이라는 시간은 무엇인지. 고작 내가 살아가는 생애만이 내가 상상할 수 있는 시간이며 지나간 시간을 해독하는 것도 버겁고 앞으로 다가올 시간 앞에서는 속수무책이다. 고고학을 하는 인간의 내면에는 이미 인간들이 살아낸 시간, 그리고 고고학을 하는 그 자신이 살아가지 않은 시간을 재구성하려는 의지가 숨어 있다. 그 재구성은 그리고, 그 시간이 남겨놓은 물질적인 증거에 의해서만 이루어진다. 그 물질적인 증거 너머에 있는 많은 것은 고고학 안으로 들어오지 않는다. 아니 들어오면 곤란해질 때가 많다. 그 너머의 것이란, 해석의 영역에 속하는데 1차 자료 수집, 그 수집을 정리하는 고고학의 현장에 그 너머의 것을 끼워넣으면, 1차 자료는 곧잘, 입장이 다른 해석자에 의해 다르게 해석되곤 한다. 고고학 이론 논쟁사를 읽다보면[그러니까, 과정주의(후기 과정주의), 구조주의(신구조주의), 마르크시즘(신마르크시즘), 경제 결정주의, 기능주의 등등] 그 복잡다단한 생각의 갈래들이야말로, 해석의 어려움 또는 불가능을 반증하는 것이라는 느낌을 받는다. 남겨진 견고한 물질만이 1차 자료로 들어오는 고고학적인 방법이라는 것이(비유로서의 고고학적인 방법이 아니라), 실은 무엇을 말할 수 있을런지, 견고한 물질만이 생물학적인 조건을 지닌 것보다 더 오래 살아남는다. 그 앞에 겸손

하게 설 수는 있으나, 그 앞에 서는 나라는 존재는 너무나 작다. 나는 생물질로 이루어진 존재다. 그리하여 짧음은, 내 존재의 기반이다. 나는 내가 살아가는 그 세월만큼의 길이나 무게나 부피로 사유한다. 만일 나를 구성하고 있는 여러 인자가 200년 정도 내 수명을 늘린다면, 어떤 생각을 하면서 나는 생의 순간순간을 넘어 갈까.

2

'나'를 'ㅎ'이라고 하자. 혹은 'H'라고 할 수도 있겠으나 'ㅎ'이라는 글자 모양이 나는 더 좋다. 앞의 '1'의 글에서 '나'라고 명명된 나는 나, 라는 한국어가 가리키는 '주격'이지, 이 글을 쓰는 '나'가 아니라고, 나는 쓰고 싶다. 이윤학 시인의 말대로 "나를 파먹을 수 있는 나"밖에는 가진 것이 없으므로. 그러나 그 '나'는 정말 나인가. 고고학적인 방법 속에서라면, 스무 살까지의 나는 이 세계에 단 한 번도 존재한 적이 없다. 그 당시, 사진이나 옷이나 뭐나 하는 것이 거의 남아 있지 않기 때문이다. 이사를 자주 다닌 탓이나 더러는 지나온 세월 속에 남아 있는 물질의 견고함을 증빙할 물건들을 나는 혹은 ㅎ은 아주 자주 없애곤 했다. 그러므로 1차 자료 속에 들어올 수 있는 나의, 혹은 ㅎ의 고고학적인 기록은 이 세계에 남아 있지 않다. 고향에 있는 동사무소만이 나를 증명할 것이나 아주 오랫동안 여행 증명서로만 신분을 증명하고 산 탓인지 그것도 나에게 그냥 모호한 종이로만 여겨진다. R과 K라는 친구는 그들의 출생, 결혼 증명서, 졸업장, 학위 증명서 등등을 드레스덴에 있는 어느 은행 문서 보관실에 맡기고 조르단으로 일을 하기 위해 떠났다. 문서 보관실에 일부러 안전을 위해 맡긴 것이다. 그런데 홍수가 났다. 드레스덴 역이 잠기고 젬퍼 오퍼도 물에 잠겼다. 그리고 문서 보관실이 있던 은행도. 그들의 문서도 물에 잠겼다. 홍수가 지나간 뒤 겨우 진흙탕물에서 건져진 문서는 젖어 망가진 문서를 복원하는 실험실로 보내졌고, 그 물에 젖어 흐덜거리는 문서는 급냉동고 안으로 들어갔다. 그렇게 문서를 복원한다고 했다. 급냉동고 안에서 얼린 문서는 허연 얼음에 덮여 문서 복원실에 있다. 그 얼음에 덮인 급냉동고 안에 언젠가 우리들의 기록도 보관될지 모른다.

3

연말이면 ㅎ은 언제나 혼자 보냈다. 그로부터 몇 년이 지나고 난 뒤 기숙사를 나온 ㅎ이 이 이방에서 가족을 가지리라고, 그때 ㅎ은 상상조차 하지 못했다. 기숙사에 혼자 앉아서 새해를 맞이하는 것은 참으로 즐거웠다. 그 무렵, 1990년대 중반으로 ㅎ이 살고 있는 사람들의 시간은 들어서고 있었다. 그때 ㅎ이 살던 기숙사 앞에는 큰 들판이 있었다. 그 들판에는 초여름까지는 밀이, 밀을 수확하고 난 뒤에는 옥수수가 자랐다. 꿈이 살고 있던 도시는 성당이 많고 비가 많은 곳이었다. 그 도시에서 사는 사람들은, 이곳에는 성당의 종소리가 들리지 않으면 비가 오는 곳이라고 말한다. 과연 그러했다. 들판으로 나가서 자라는 옥수수를 바라보거나 하는 날은 날씨가 좋은 날이었다. 그러므로 종소리가 들려왔다. 가끔 종소리를 비처럼 맞으며 옥수수밭 사잇길로 뛰러 나가기도 했다. 연말이 되면 옥수수밭은 텅 비었다. 새해 아침이라고 텅 빈 옥수수밭이 무언가로 채워질 리가 없었다. 그러나 그 텅 빈 들판 앞에 서서 들판 저 너머를 바라보는 것은 즐거운 일이었다. 텅 비니 저 너머가 보이는 것이다. 그때의 ㅎ은 바로 그런 모습이었다. ㅎ은 이곳에서 ㅎ을 텅 비우고 있던 것이다. 텅 비우니, 좋았다. 텅 빈 자리가 너무 좋았다. 그리고 그 자리에 무언가를 다시 집어넣고 싶지 않아서 이방의 말로 된 신문이나 책을 읽는 것도 천천히 천천히 했다. 음악도 듣지 않았다. 라디오나 텔레비전도 먼 자리에 모셔두었다. 간간이 연락을 하던 벗들과도 거의 연락을 하지 않았다. 가끔 그 시간 동안 벗들은 무엇을 하는지 묻고 싶기도 했다. 그러나 그만두었다. 벗들 역시 그들의 한 시간을 보내느라 바쁠 것이므로. 종소리가 들리는 텅 빈 옥수수밭을 한참 걷다가 들어와 기숙사에서 새해 아침에 떡국을 끓였다. 새해였으므로 푸줏간으로 가서 소고기도 한칼 끊어왔다. 후후 불면서 열심히 먹었다. 뱃속은 텅 비는 것을 좋아하지 않았으므로 텅 빈 그 공간을 열심히 노닥거리기로 작심한 ㅎ은 뱃속을 단단히 채워두었다. 현명한 판단이었다. 단단하게 채워진 배로, 그러니까, 발굴을 하러 다니고, 책을 읽고 한 셈이었다. 텅 빈 자리는 그리고 그 나날들을 아주 가볍게 들어올려주었고.

4

ㅎ은 많은 사람을 만났다. 피부 색깔이 다르고 언어가 다르고 문화가 다르고 성을 선택하는 몸의 느낌이 다른 사람들이었다. 갑자기 ㅎ의 길에 놓여 있던 어떤 큰 손이 막아두었던 돌들, 사이사이로 그들이 들어오고 있다는 생각을 했다. 돌, 사이사이로 그런 이들이 ㅎ의 길로 들어오고 있었다. ㅎ은 ㅎ보다 피부가 검은 북아프리카 태생인 M과 자주 점심을 먹으러 가기도 하고, 굴절어인 ㅎ의 모어가 아닌 인도게르만 계통의 언어가 모어인 K와 함께 터키 영화를 보러 가기도 하고, 하루에 세 번 네 번, 메카가 있는 곳을 향하여 단정한 절을 하는 A와 연구실 부엌에서 차를 마시기도 하고, 남성인 P의 남자친구 G의 다리뼈가 부서졌을 때 병원으로 문병을 가기도 하며, 혹은 그들 모두와 함께한 저녁에 오래된 공상과학 영화를 틀어놓고 밀전병을 부쳐먹으며 그들이 고향에서

가져온 술을 마시기도 했다. 사과나 포도로 빚은 술도 있었고 곡류에서 빼어낸 순 알코올이나 고추를 넣고 만든 보드카, 전나뭇잎을 넣고 만든 술도 있었다. 그들 가운데는 직접 전쟁을 겪은 이도 있었고, 가난한 어미를 고향에 두고 온 이도 있었으며, 가족의 기대를 한몸에 받다못해 가족이라면 징글징글하다는 이도 있었고, 자신의 아버지는 교회 목사인데 자기는 동성애자, 라고 쓸쓸히 웃으며 크리스마스가 되어도 집에 가지 않는 이도 있었다. 또 그들 가운데는 3대에 이어 큰 공장을 하는 집안의 아들도 있었고, 벌써 다섯 달이 되어도 월급을 받지 못하는 학자의 딸도 있었고, 부모, 라면 고개를 흔들다못해 기어이 술을 과하게 마셔야 화가 풀리는 고아원에서 자란 이도 있었다. 우리들이 틀어놓은 그 공상과학 영화에서는 캡틴 피카와 데이타가 서로 의견을 주고받기도 했고, 아버지를 물리쳐야만 우주를 구할 수 있었던 자매가 서로를 안고 위로하기도 했다. 그들에게, ㄱ이나 ㅅ이나 ㅇ이나 ㄷ이나 하는 이들과 마찬가지로, ㅎ에게 납득되는 생애가 있다는 것을 알았으며 (안다는 건, 인식은 아니다) 그런 생각이 들 때마다 ㅎ은 자꾸 웃음이 나왔다. 너무 당연하지 않은가, 한 인간에게 그 인간의 시간이 있다는 것은. 그것을 이토록 늦게 알다니. 못 되면 조상 탓이라고 ㅎ은 ㅎ의 고향을 탓했다. 3면이 바다이고 더구나 북으로는 길게 철조망이 놓여 있으니, 어디 나가서 누군가를 만난 경험이 있어야

지. 해외, 즉 바다 바깥이라는 이 말. 바다 바깥으로 나간다는 이 말은 겁 많은 ㅎ을 주눅들게 했다. 바다 바깥은 어디인가, 큰 손이 더이상 돌을 들고 길을 막지 않는 곳인가. 영화 〈트루먼 쇼〉에 나오는 트루먼의 경우처럼 바다 바깥에 허위를 드러내는 종이 벽이 없기만을 ㅎ은 바랐다.

5

ㅎ이 아직 고등학교를 다니고 있을 때, 광주에서 많은 이가 죽어갔다. 광주로 가는 길이 끊기던 그 무렵, ㅎ은 수학여행 버스를 타고 광주로 향하고 있었다. 갑자기, 수학여행 버스는 머리를 돌렸다. 광주에는 이제 아무도 갈 수 없다고 했다. 그곳으로 가는 길을 누군가가 막아놓았다고. 그 누군가가, 누구인지 아직 고등학생인 ㅎ은 몰랐다. ㅎ은 차창으로 갑자기 머리를 돌린 버스가 지나가는 길을 막막하게 바라보았다. 갑자기 막히니 그곳으로 꼭 가고 싶었다. 수학여행 버스가 들어가지도 못하는 그곳에는 무슨 일이 벌어지고 있을까. 그리고, 언제나 그랬다. 그 무렵 ㅎ은 누군가에 의해서, 언제나 막히는 길에 서 있다는 생각을 막연하게 하고 있었다. 북으로도 가지 못한다. 이제는 광주로도 가지 못하는가. 누군가가, 꿈 아닌 누군가가, 어떤 거대한 손이 거대한 바위로 모든 길을 막고 있다는 생각. 그 누군가에 대한 막연한 공포, 그 거

대한 손을 언제나 피해야 한다는, 그 손에는 눈이 달려 있지 않아 무차별로, 아무라도 짓이겨버릴 거라는 생각. 그 이후로 '광주 사태' '폭도' '불온분자' '공산주의자'라는 말들은 ㅎ의 대학 시절을 메우는 말이 되었다. 대학에 와서야, 그 '폭도'라는 이들이, 그때 그렇게 처참하게 학살을 당한 이들이라는 것을 알게 되었다. 젊음의 들머리를 전쟁으로 채운 ㅎ의 전세대들의 상처와는 비교가 되지 않겠지만, 그것은 상처임에 분명했다. 왜곡되고, 왜곡된 채, 그것을 그대로 받아들여야 하는 것. 우리는 분단 상황에서 살기 때문에, 우리를 노리는 바깥의 적은 음험하고 흉폭하므로, 그 적으로부터 우리를 지키기 위해서는 이런 왜곡을 받아들여야 한다, 라고 학교는, 신문은, 가족은 ㅎ을 가르쳤다. ㅎ의 세계는 적으로 둘러싸인 세계였다. 길거리에는 언제나 흉한이 있고, 책에도 흉한의 이데올로기를 가르치는 음험한 혀들이 있다. 상처를 가진 피해자, 라고 스스로를 여기는 ㅎ은, 언제나 선한, 선하게 살아가려고 애를 쓰는, 그리고 세계와는 대등하게 맞닥뜨릴 기회도 박탈당한 천하에 둘도 없는 가련한 피해자였다. 이 가련한 피해자가 한 일은 데모가 무성한 대학을 어슬렁거리기, 다방에 앉아 음악을 신청하기, 비슷한 또래의 피해자들과 함께 먹을거리가 많은 시장으로 가서 막걸리 마시기, '사회과학' 책 읽고 그 이론 흉내내기, 삐라 만들기, 밤샘을 하며 노래하기, 경찰서에 가서 앉아 있기,

주정하기, 연애 실패하기 등등이었다.

6

바다 바깥에는 그러니까, 기숙사가 있었다. 기숙사를 신청하는 곳에서 두어 주일 앉아 있고 난 뒤였다. 그 2주일 동안 ㅎ은 외국인 노동자들이 살고 있는 방에서 기거를 했다. 부엌이 없는 곳이라 마른 빵만을 먹고 지냈으므로 따뜻한 음식이 그렇게 먹고 싶기도 했다. 그리고 기숙사를 얻었다. 아직 이곳 날씨가 나쁜 3월 말경이었다. 아침에 비가 내리는가 싶더니 진눈깨비가 오고, 그러더니 금방 햇빛이 나고, 그러다 또 우박이 쏟아지는 날이었다. 1970년대에 지어진 그 학생 기숙사는 외국인과 독일인 비율을 엄격하게 규정하고 있는 곳이었다. 외국인이 스물이면, 독일인 서른, 정도의 비율이었다. 당시 지어진, 독일의 많은 일반 건축물이 그러하듯 사각의 살벌한 체구를 가진, 그러나 실은 안으로 들어가 보면 비용을 줄이기 위해 값비싼 건축 재료를 피한, 콘크리트와 철근을 얼기설기 잇댄, 그런 사각의 기둥 같은 곳이었다. 방은 1970년대로부터 그때까지 수많은 학생이 학업 기간 동안 살아가던 거처였다. 커튼과 침대, 책상과 책꽂이와 의자, 옷장을 지급받고, 공동으로 쓰는 빨래실의 코인을 사고, 그리고 이사를 하면 그만이었다. 그 사각의 거처에 ㅎ은 옷과 몇 권의 책뿐인 짐을 들여

놓고 우두커니 앉아 있었다. 큰 창이 옥수수밭을 향하여 나 있었다. 창문을 열어두었다. 1970년대, 라면 ㅎ이 초등학교, 중고등학교를 다니고 있을 때이고 독일은 68세대들의 시대이기도 했다. 나치 정권 이후, 뉴른베르크에서 아이히만이나 슈페어 같은 2차대전의 전범들이 판결을 받은 지 10여 년이 지났으며, 신생 공화국이며 분단국가였던 서독일이 경제 건설에 온 힘을 다하던 아덴하우어 시절을 거쳐 빌리 브란트가 공식적으로 나치 시절의 범행을 사죄하던 시기이기도 했다. 전후 세대는 전전 세대의 허위, 권위에 도전해서 길거리로 나섰으며, 30여 년이 지난 후 그 거리에 나서서 화염병을 던지던 이 가운데 하나는 지금 독일 정부의 외무부 장관이라고 한다. 바다 바깥으로 나온 ㅎ이 이 기숙사의 한 방에 짐을 내리고 창을 열고 난 뒤 한 일은 코인을 가지고 빨래실로 내려가서는 기숙사를 구하기 위해 나돌아다녔던 몇 주일 동안 빨지 못한 빨래를 하는 것이었다. 코인을 넣고 세제를 집어넣고 세탁기의 뚜껑을 닫고 스위치를 누르자 물소리가 났으며, 얼마 후에 빨래가 돌아가기 시작했다. 이 세탁기로 빨래를 한 이는 몇이나 되었을지, 수많은 이의 빨래가 돌아갔을 그 세탁기 앞에서 ㅎ은 프랑크푸르트 공항에 들어서면서 한 생각을 다시 하고 있었다. 바다 바깥으로 나오는 일은 다른 삶의 방식을 택하고자 했던 것인데 ㅎ이 선택할 여지도 없이 삶의 방식은 이미 정해져 있었다. 유목.

173

이곳저곳에, 형편이 되는 대로 짐을 내리고, 빨래를 하고 밥을 끓이고, 하는 것. ㅎ은 단 한 번도 유목민이었던 적이 없었다. ㅎ의 고향에서 ㅎ은 아주 많이 이사를 다녔으나, 단 한 번도 유목민이라고 스스로 생각한 적이 없었다. 그런데 이제 유목민이 되었다. 이곳, 저곳에서 낯선 이들 사이에 끼어 살아야 했다. 그 당시 ㅎ은, 언젠가 자신이 시를 쓴 적이 있다는 것을 잊어버리기 위해 애를 썼다. 겨우, 바다 바깥으로 나왔는데, 시를 쓰는 바닥 혹은 꼭대기까지 내려가거나 올라가고 싶지가 않았다. 감정의 정점을 유지하기 위하여 더러 마약을 복용하곤 했던 록가수들을 ㅎ은 그냥 바라보거나 듣거나 즐기고만 싶었다. 격렬한 감정이나 날 선 감각이나, 하는 것들이 ㅎ은 어느 사이에 무서워졌던 것이다. 그리고 ㅎ은 '가련한 피해자'였던 스무 몇 살 당시의 ㅎ이 전혀 할 수 없었던 것을 하고 싶었다. 우스운 말이지만, 집중력 기르기가 그것이었다. 집중력을 식물처럼 물이라도 주어서 기르기. 주위에 민감한 ㅎ은 그 시끄럽고 들썩거리는 거리에서 아무것에도 집중할 수가 없었다. 그곳은 바깥을 향하여 노래 부르기에 좋은 곳이었으나, 입을 닫고 어디론가로부터 흐르는 노래를 잡기에는 너무나 힘든 곳이었다(이런 생각은 얼마나 전형적인 가련한 피해자 ㅎ식의 생각인가. 앞의 말을 고쳐보면, 어디에 있어도 ㅎ은 집중하기에는 너무나 산만한 인간이었다. 저를 들여다보기 전에 주위를 먼저 살피기, 누가 뭐

라 그러면 꿈질하기, 타인 욕하기, 매사마다 파르르 반응하기. 그야말
로 작은 물 안에서 온 신경질을 다 부리며 헤엄쳐 온 물고기 같은 ㅎ이
아닌가). 그리고 다시 밀밭 혹은 옥수수밭. 지하 빨래실에서 올라
온 ㅎ은 열린 창문 너머로 보이는 그 밭을 보았다. 밭은 그 변덕스
러운 날씨에도 솟아오르는 밀로 꽉 차 있었다. 두어 달 지나면 이
나라의 농부들은 저 밀을 수확할 것이다. 아직 밀알이 들어차기
도 전이었으나, ㅎ은 밀이 익을 때까지 이 사각의 거처에서 살았
으면 했다. 밀이 익으면 그 누런 벌판을 저녁마다 바라보리라 했
다. 밀이 익기 전에는 무엇을 할까. ㅎ은 창문을 닫으며 활짝 웃었
다. 기분이 그렇게 나쁘지 않았다.

7

이곳은 블라우보이레라는 이름을 가진 독일의 마을이다. 슈튜
트가르트에서 약 한 시간쯤 떨어져 있는 이곳에는 푸른 솥이라고
불리는 연못이 있다. 지금까지 알려진 바에 의하면 물이 솟아오
르는 깊이는 지하 약 1,200미터. 못의 물속에 있는 푸른 이끼는 물
을 그렇게 푸르게 한다고 한다. 그 푸른빛은 나그네를 설레게 한
다. 그리고 나그네로 이 마을에 왔으니 마을을 둘러보는 것이 예
의이다. 산책을 나선다. 산책길에 그 푸른 솥에 들른다. 푸른 솥으
로 가는 길은 물을 따라가는 길이다. 푸른 솥에서 흘러나온 물이

마을 가운데를 흐른다. 푸른 솥으로 가는 길에 물을 들여다본다. 물은 어찌나 맑은지 그 밑을 다 보여준다. 작은 자갈과 맑은 물이끼, 그들을 감싸며 흐르는 물. 그리고 작은 마을에는 겨울이 아주 수줍은 손님처럼 살며시 와 있다. 수줍은 손님은 드문드문, 작은 웃음 같은 눈을 가지고 와서 마을을 덮었다. 숙소에서 창을 통해 바깥을 바라보면 슈바벤의 알프스산 한 자락이 밟혔다. 그리 크지는 않으나 둔중하다고 말할 수 있는 바위들이 나무들 사이에 솟아 있고 그 중턱은 눈으로 덮여 있었다. 손님 숙소는 조용하고, 식당에서는 워크숍에 참여하는 이들이 모여 맥주를 마시면서 재회를 즐거워하고 있었다. ㅎ은 이곳에 있는 작은 대학 손님 숙소에 머물고 있다. 3일에 걸쳐 열리는 작은 워크숍에 참여하기 위해서이다. 워크숍의 주제는 '중유프라테스 강줄기를 따라 자리잡고 있었던 고청동기 시대와 중청동기 시대 유적지의 비교 상대 연구'이다. 그곳의 수많은 유적지를 발굴했던 이들이 모여 서로 발굴한 자료들을 놓고 유물을 비교한다. 토기는 그들의 나이에 대해 친절하게 답을 해주지 않는다. 마치 혼기를 놓친 총각처럼 무뚝뚝하다. 그러므로 토론은 사흘 내내 진행된다. 사흘이 지나고 난 뒤 우리들이 어떤 답을 가지리라고 장담을 할 수도 없다. 몇 년 전 ㅎ은 유프라테스의 강줄기에 있던 유적지를 발굴한 적이 있었으므로 발굴팀들과 함께 이곳에 와 있다. 토기 유형과 지층 스펙

트럼을 가지고. 그들 가운데는 ㅎ과 발굴을 함께한 사람들도 있고 이름만 알 뿐, 처음 얼굴을 보는 사람들도 있다. 그들을 서로서로 묶어주는 것은 어느 강줄기를 따라 형성되었던 유적지를 발굴한 적이 있었다는 사실뿐이다. 그들이 다시 물이 흐르는 독일의 작은 마을에 모여 있는 것이다. 유프라테스강가에 모여 있는 그 마을들은 이미 사람이 살지 않는 곳이지만 이곳에는 아직 사람들이 살고 있다. 마을을 둘러보던 ㅎ은 작은 문구점으로 들어가서 카드를 한 장 산다. 이 마을 교회가 선명하게 박혀 있는 관광 카드이다. 카드를 들고 작은 찻집으로 들어가서 창가에 앉아 커피를 주문하고 카드를 적는다. 그러니까 ㅎ이 그 기숙사에 짐을 푼 지 10년이라는 세월이 흐르고 난 뒤다. 그동안 기숙사 창을 통하여 바라보던 들판에는 수없이 밀이 익고 옥수수가 열렸으며 트랙터를 타고 농가의 소년들은 부지런히 밀과 옥수수를 수확하곤 했다. ㅎ은 그 기간 동안 늘 혼자였으므로 시간이 많이 있어 책도 좀 읽고 이곳저곳 좀 돌아다니기도 했다. 슬금슬금 ㅎ은 이곳에서 장년의 길로 접어들고 있었는데 그사이에 ㅎ에게 큰 변화가 생겼다. 문득 이곳에 가족이 생긴 것이다.

8

2차 대전이 끝나기 1년 전 프랑스 노르망디의 어느 작은 마을,

성탄 전야. 차가운 바닷바람이 마을을 휩쓸고 있다. 한 프랑스인 간호사와 독일인 야전병이 결혼을 한다. 독일군이 그 마을을 점령하고 있을 때이다. 신부는 점령군과 결혼을 한 것이다. 결혼을 한 그 다음날, 독일 야전병은 러시아로 이전 명령을 받는다. 그러곤 그는 러시아로 떠난다. 신부는 그 마을에서 계속 간호사로 일하다가 노르망디 상륙 작전을 성공적으로 마친 연합군에 의해 독일군이 쫓겨가면서 전쟁이 끝나자 신랑의 주소 한 장만을 달랑 들고 독일로 온다. 그녀의 가족은 전쟁 부역 혐의를 받고 재산을 몰수당하고 난 뒤이다. 독일, 폭격으로 폐허가 된 베를린. 그녀는 주소에 적힌 집 앞에 서 있다. 독일 야전병의 부모가 사는 곳이다. 야전병의 부모는 그녀를 모른 척한다. 야전병은 이미 전사자로 처리되어 있다. 그녀를 받아준 이는 야전병의 먼 친척. 그녀는 그 친척의 집에 기거하며 야전병을 기다린다. 결혼한 지 채 하루가 지나기 전에 먼 러시아의 전장으로 간 신랑이 죽었다는 것을 그녀는 믿을 수가 없으므로 기다린다. 그리고 1950년 겨울, 거의 6년 만에 야전병이 러시아 포로수용소에서 돌아온다. 신부는 야전병을 쓰러지듯 안는다.

9

2차 대전이 끝나기 1년 전 한국의 어느 작은 바다 도시, 11월의 바닷바람 속, 청년은 골목에 서 있다. 청년은 누군가를 기다리고 있다. 청년이 기다리던 그 누군가가 청년에게로 온다. 그는 청년에게 작은 봉투를 하나 건네주고 간다. 청년은 봉투를 외투 깊숙이 넣고는 골목을 빠져나온다. 그 사흘 뒤 청년은 바다 도시 상인의 딸과 결혼을 한다. 6년 뒤에 전쟁이 나고 청년은 그때 그 골목에서 만났던 이와 함께 인근 산으로 들어간다. 2년 뒤 청년은 잡혀 부산으로 끌려간다. 청년의 어머니는 청년의 처에게 말한다. 아가야, 너, 어디론가, 아무도 아는 사람이 없는 곳으로 가라, 이 돈 가지고. 처는 떠난다. 청년의 여동생은 사형 선고를 받은 청년을 매일매일 찾아간다. 아직 오빠는 살아 있다. 그 다음날, 아직 오빠는 살아 있다. 그 다음날, 아직. 그리고 어느 날, 여동생은 더 이상 오빠를 만나지 못한다. 휴전이 시작되기 석 달 전이다.

10

2003년 늦봄. 노르망디의 해변. ㅎ은 새 식구와 함께 이곳을 방문한다. 그곳의 한 식당에서 이곳의 명물인 사과로 빚은 술 칼바도스를 한잔 시켜놓고 해변이 끌어올리는 바닷소리를 듣고 있다. 노르망디 해변은 바다바위로 이루어져 있어서 가파르다. 날씨가 좋을 때 바위에서 해변을 내려다보면 파도는 순하게 해변을 어르고 있었다. 이 해변에서 그렇게 많은 군인이 바위로 오르기 위해 죽어갔다는 것을 믿을 수가 없었다. 해변 바위 둔덕에 깊게 파인 구덩이가 그 당시 대포에 의한 거라는 설명을 들으면서도, 이 해변에서 그렇게 큰 전투가 벌어졌다는 것도 선뜻 믿기지 않았다. 그러니까 이곳은 새 식구의 어머니의 고향이다. 연합군에 의해 이곳이 탈환되고 난 뒤 그녀가 이웃에 의해 쫓기듯 이곳을 떠날 적 새 식구는 이 지상에 없었다. ㅎ 역시, ㅎ의 삼촌이 사형을 당할 때 이 지상에 아직 없었다. ㅎ의 새 식구와 ㅎ이 이 지상에 태어나고 노르망디를 방문할 적, 그들은 이 지상에 더이상 존재하지 않는다. ㅎ과 ㅎ의 새 식구는 그들의 기억을 술 한잔 사이에서 나누고 있다. 신부가 야전병을 안고 집으로 들어가고 난 4년 뒤 태어난 ㅎ의 새 식구는 신부와 야전병의 전쟁 기억과 전쟁 후의 삶 속에서 자라난다. 분단된 서베를린 지역이다. 신부는 연합군에 의해 점령된 베를린 적십자 병원에서 일을 하고 러시아군에게 잡힌 야전병은 우랄 포로수용소의 혹독한 추위와 굶주림 속에 있었다. 만일 전쟁이 나지 않았다면 야전병은 의사 공부를 했을 거라고 했다. 의사 공부를 하지 못했으므로 러시아에서 돌아온 야전병은 약국에서 약을 파는 일을 했다고 한다. 베를린에 있던 프랑스 킨드가르텐(유치원)에 다니던 새 식구는 다른 프랑스 아이들에게 언제나 얻어맞았다고 했다. 나치 돼지의 아들이라고. ㅎ의 새 식구는 그래서 그의 어머니에게 말했다고 했다. 프랑스어, 다시는 입에 담지도 않을 거야. ㅎ은 한 번도 얼굴을 본 적이 없는, 그리고 문서로도 이 지상에 남아 있지 않은 삼촌이 철학을 공부했다는 것을 기억한다. 독일어를 공부했다는 것도 기억한다. 『자본론』과 『가족의 기원』을 읽기 위해서라고 했다. 문서조차 남아 있지 않은 이유는 ㅎ의 할머니가 삼촌의 호적 기록을 없앤 까닭이다. 그녀가 어떻게 아들의 호적까지 없앨 수 있었는지 ㅎ은 모른다. 만일 그때 그 전쟁이 없었더라면 삼촌은 철학 공부를 계속했을지 어떨지, 독일어를 계속했을지 어떨지, 『자본론』과 『가족의 기원』을 지금까지 계속 읽고 있을지 아닐지, ㅎ은 알지 못한다. 삼촌은 그때, 독일어를 배울 때 그의 조카 가운데 하나가 거의 반세기가 지나고 난 뒤 독일어를 모어로 하는 사람과 한집에서 서로 가족이라고 여기며 살아가리라고 짐작이나 할 수 있었을까. 혹은 ㅎ 역시 한 반세기쯤 지나고 난 뒤 이 지상에 무슨 일이 벌어지리라는 것을 짐작할 수 있을지. ㅎ의 새 식구는 노르망디에 아직 살고 있다는 그의 먼 친척들을 알지 못한다. 단 한 번도 만나보지 못한 까닭이다. 그의 가까운 친척은 노르망디가 아니라 프랑스 중부 지방에 산다. 그 역시 이런저런 이유로 이곳을 떠났다. ㅎ 역시, 삼촌의 처를 알지 못한다. 단 한 번도 본 적이 없다. 뿐 아니라 그 많은 멀고도 가까운 옛날의 사람들을 알지 못한다. 안다는 기호만으로 존재하는 그 많은 이는 이 지상에서 어떤 이야기를 만들며 살아가고 있을까. 노르망디로 오기 전 ㅎ과 ㅎ의 새 식구는 다락방으로 올라갔다. 새 식구의 어머니가 돌아가시고 난 뒤 다락방에는 달랑 두 개의 작은 가방이 놓여 있다. 그 안에는 그의 어머니가 남겨놓은 사진들이 들어 있다. 몇 년이 지났으므로 가방은 두꺼운 먼지와 거미줄에 무성하게 둘러싸여 있다. 먼지와 거미줄을 털어내고 가방을 들고 다락에서 내려온다. 가방 속에 든 사진은 전부 흑백 사신이고 작은 크기의 사진들이 대부분이다. 그 사진 속에 들어 있는 사람들은 부모를 빼고는 새 식구조차 모르는 사람이 대부분이다. 야전 병원 앞에서, 군인 숙소에서, 휴가지에서, 생일날에, 성탄절에, 부활절에, 강변에서, 산악지에서, 지인들과 함께, 혹은 독사진으로 남아 있는 그 많은 사람. 어떤 사진이 찍어놓은 순간은 새 식구도 기억한다. 그때 나, 다섯 살이던가 여섯 살이던가. 이 많은 사람이 입고 있는 옷과 양산과 모자 들은 다 어디로 갔을까. 저 차들은 다 어디로 갔을까. 저 집들은, 저 꽃들은, 저 촛불과 상에 놓인 음식들은. 가방 두 개 속에 들어 있는 저 수많은 순간은 다 어디로 갔을까.

11

워크숍이 열리는 큰 방에는 책상이 창가에 줄을 이어놓고 있고 그 책상 위에는 유프라테스 지방에서 발굴된 토기들과 사진들이 놓여 있다. 쉬는 시간이면 그 토기와 사진을 들여다보았다. 대부분 조각들인 그 토기들은 유프라테스를 떠나 이 작은 독일 어느 지방으로 와 있다. 연구를 위해서 시리아 정부가 방출하기를 허락한 토기들은 눈과 눈 사이를 어렵게 뚫고 나온 차가운 햇빛을 받고 있었다. ㅎ은 10미터 곱하기 5미터 넓이의 땅을 30센티미터 정도 파고서는 깨끗이 주변을 청소하고 난 뒤 그 30센티미터 두께의 땅에서 나온 토기 조각들을 비닐봉지에 넣어 그 봉지 속에 발굴 기록 쪽지를 끼워서는 봉지를 봉하던 순간들을 떠올렸다. 댐을 지으면서 옛 유적지들이 물속으로 들어가기 전, 구조 발굴하던 나날이었다. 2년 정도밖에는 시간이 없었으므로 우리는 유프라테스강 줄기에 자리잡은 그 지상 15미터 높이의 발굴지를 첫 15미터에서 마지막 0미터까지 발굴해야 했다. 스텝 트랜치Step trench(계단식 발굴 도랑)를 발굴 언덕 남쪽에 놓기로 했다. 그러니까 첫 15미터로부터 0미터에 이르기까지 계단식으로 언덕의 표면을 파가는 형태의 발굴을 우리는 택한 것이다. 발굴이 시작되고 2주일가량 흐른 후 우리는 놀랄 수밖에 없었다. 마치 깨끗이 청소를 한 듯 이 유적지에서는 아무것도 발굴되지 않았던 것이다. 이 폐허를 떠나기로 작정한 사람들은 떠나기 전에 시간이 아주 많았던지 자신이 살던 터를 깨끗하게 털고 또한 가진 모든 것을 다 가지고 떠난 것처럼 토기 조각 말고는 아무것도 발견되지 않았다. 쓰다 남은 이 토기들과 발굴된 돌담장만이 이곳에 사람들이 살았다는 것을 증명할 뿐 아무것도 이곳에는 남아 있지 않았다. 30센티미터 깊이를 파고는 땅 파기를 그치고 청소를 하고 난 뒤 땅의 변화를 살폈다. 30센티미터마다 새로운 건축층이 발견되곤 했다. 그러니까 이 폐허에 살던 사람들은 그렇게 자주 새집을 지었던 것인데 그렇다면 그들이 살았던 물질적인 흔적이 많이 발굴될 법도 한데 아무것도 나오지 않았다. 토기들을 비닐봉지에 넣어 토기 조각을 모으는 곳으로 보내며 ㅎ은 이곳에 살았던 사람들을 구체적으로 그려보려고 했으나 언제나 그렇듯 그것은 뜻대로 되지 않았다. 그러나 그 토기 조각들, 고청동기와 중청동기 시대의 전환기에 사용된 토기 조각들은 천천히 변화를 하고 있었다. 이곳 고청동기 시대의 토기들은 섬세하고 날렵했으나 중청동기 시대의 토기들은 투박하며 두껍고 거칠었다. 다른 문화권의 사람들이 이 지역으로 이동해 들어와 산 것일까. 점심시간이 되면 이곳 숙소에서 주는 점심을 먹기 위해 식당으로 내려갔다. 가끔 슈바벤 지역의 명물이라는 마울타쉐가 식단에 올라와 있었다. 마울타쉐는 만두처럼 밀가루 반죽에 고기와 시금치와 베이컨 다진 것을 속으로 해서 빚은 음식이다. 이 마울타쉐를 이곳 사람들은 굽기도 하고 국에 넣기도 해서 먹는다. 우리가 만두를 먹는 방법과 그리 다르지 않다. 다만 이곳 사람들은 우리처럼 국을 그렇게 좋아하지 않기 때문에 국물이 많은 만둣국과는 조금 다른 마울타쉐국을 끓인다. 국물이 적은 국이다. 국물이 많은 만둣국을 담기 위해서는 주발이라는 깊고 넓은 그릇이 필요한데 국물이 그렇게 많지 않은 마울타쉐국을 담기 위해서는 옴팍한 접시면 그만이다. 입맛에 따라 그릇의 모양이 달라진다. 입맛은 그릇의 기능을 구체화한다. ㅎ은 마울타쉐국을 한술 뜨면서 모양이 서서히 달라지던 고청동기와 중청동기 토기를 생각한다. 다른 곳에서 그곳으로 이동해 온 이들도 ㅎ처럼 바다 바깥으로 나가고 싶어했을까. 고대인들의 이동의 역사는 ㅎ의 경우처럼 그렇게 배부른 경로를 거치지 않고 다만 생존과 밀접한 관계를 가지리라는 것을 ㅎ은 짐작할 수 있다. 고대인들은 ㅎ과는 다른 생존의 조건을 가지고 있었던 것이다. 그러나, ㅎ이 바다 바깥으로 나가고 싶어했던 것도 일종의 생존과 관련된 결정이었다고 ㅎ은 이 작은 독일 마을에서 생각한다. 다른 세계가 바다 바깥에 있다고 믿었을 때 ㅎ은 단순했다. 바다 바깥의 세계가 땅 위와 똑같다는 것을 알게 되면서(사용하는 그릇이 조금은 다를 뿐) ㅎ은 ㅎ의 땅의 상처를 상대화하기 시작했다. ㅎ이 살았던 땅의 사람들이 역사를 통해서 받았던 상처는 바다 바깥 다른 곳에서 살았던 사람들이 받았던 수많은 상처 가운데 일부였다. 모든 상처는 흔적을 남긴다, 그러므로 모든 상처는 흔적 앞에서 중요하다, 흔적을 들여다보는 이여, 우리들의 상처를 작게 작게 들여다보소서.

ㅅ이 독일로 왔다. ㅎ이 서울에 살 적 ㅅ과 ㅎ은 가끔 같이 노래를 흥얼거렸다. ㅅ이 이 바다 바깥에 없을 때 ㅎ은 노래를 흥얼거리지 않았다. F라는 도시에서 ㅅ과 ㅎ은 그 도시의 강변을 거닐었다. ㅅ이 ㅎ에게, "너, 전에는 그렇게 노래도 많이 알고 자주 부르더니", 했다. ㅎ은 ㅅ에게 말해주고 싶었다. 너 없이 노래가 어디 있니, 라고. 문득 ㅎ은 ㅅ의 옆모습을 슬금거렸다. 10년이라는 세월 가운데 ㅅ은 어제 ㅎ이 서울을 떠날 때와 같은 모습을 하고 있다. ㅎ은 적이 안심이 되었다. ㅎ은 ㅅ이라는 벗과 보냈던 그 시간, 그리고 그 시간 전에 ㅎ이 살던 작은 도시에서만 노래를 할 수가 있었다. 바다 바깥에서 노래를 흥얼거리는 시간을 ㅎ은 아직 가지지 못한 것이었다. ㅎ은 그리고 언젠가 ㅎ이 시인이었던 적이 있다는 것을 10년 동안 무슨 두부를 베 보자기에 가두어놓고 물기를 짤 때처럼 끙끙거리며 손에 쥐고 있었다. 강변에서 아주 오래된 노래를, 가사도 이미 잊어버린 노래를 ㅅ과 ㅎ은 흥얼거렸다. 김소월의 「개여울」이라는 시가 그 가사였다. 당신은 무슨 일로 그리합니까, 홀로이 개여울에 주저앉아서, 였던가. ㅅ이 잊어버린 가사는 ㅎ이 생각해냈고 ㅎ이 잊어버린 가사는 ㅅ이 잊어버리지 않고 있었다. 잔물이 봄바람에 헤적일 때에, 가도 아주 가지는 않노라시던, 이던가, 혹은 부디 잊지 말라는 언약이던가, 약속

이던가, 말씀이던가. 가을에 접어든 강바람은 소슬했으나 맑았다. ㅅ의 머리카락이 바람 속으로 흩날렸다. 그리고 그 순간을 ㅎ은 블라우보이레라는 독일의 작은 마을 찻집에서 카드에 적는다. ㅅ에게, 바다 바깥에는 많은 비슷한 사람들, 비슷한 이야기들, 비슷한 순간들이 있었으나, 너는 없었다, 라고. 이 나이들어가는 여자의 감상이 추하지 않기를 바라며, 그리고, 그것은 진실에 가까운 거라고……

발견의 편견 혹은 편견의 발견

어느 프랑스 고고학자는 오랫동안 쿠산 왕국의 도시인 박트라를 찾아헤맸다.* 1920년대의 일이다. 알렉산더가 페르시아와 전쟁을 치르고 그 전쟁에 패한 페르시아의 왕인 다리우스가 살해되고 난 뒤, 알렉산더는 힌두쿠쉬 산맥을 넘어가서 박트리아 지방을 손에 넣는다. 그리고 알렉산더와 그의 군대는 원정의 휴지기를 갖는다. 박트리아의 중심 도시인 박트라에서 그는 록산느라는 이방의 공주와 결혼을 하고 2년 동안 그곳에 머문다. 다시 그가 인도 원정을 떠나고 그 몇 년 뒤 바빌론에서 죽고 난 뒤에도 박트라는 그리스 마케도니아 문명의 외부 중심지로 200년 이상이나 건재

* 찬클H. Zankl, 『큰 오류들, 학문이 오류를 범했던 곳Der grosse Irrtum. Wo die Wissenschaft sich täuschte』, 2004년, 16~19쪽.

하게 살아남았으며, 도시가 쿠산 왕국의 손으로 넘어간 뒤에도 오랫동안 그 번성함을 유지했다. 페르시아 왕국 이전에도, 알렉산더 이전에도 이 도시는 존재했었고 구석기 시대부터 사람들이 살았던 자취가 남아 있다고 한다. 세월은 흐르고 비단길 옆에 자리 잡아 서역과 동방을 잇는 중요한 장사의 중심지였던 이곳도 사람들에게서 잊혀갔다. 인간의 기억이란 얼마나 짧은지 알렉산더의 전설적인 유명함도 이 도시를 잊음에서 건지지 못했고, 이 도시를 왕래하던 수많은 장사치들이나, 관리들이나 군인들도 이 도시의 기억을 후대에 전하지 못했다. 도시는 사라졌다.

　프랑스의 고고학자 푸서는 지금 아프가니스탄의 도시인 발크에 박트라가 자리잡았을 것이라고 짐작했다. 그뿐 아니라 그 당시의 많은 학자도 그러했다. 2002년, 유네스코의 후원으로 아프가니스탄 유적지의 답사팀이 박트라의 유적지를 발견하기까지 거의 60년 동안 수많은 고고학 저술들과 사전들은 발크를 박트라라고 전했다. 그는 발크에서 수많은 테스트 발굴을 하며 오랫동안 헤맸다. 그러나 결국 그는 박트라를 찾아내지 못했다. 입으로 전해져 내려오는 거대한 기둥들과 아치의 도시, 그리스의 문헌가들이 적었다는 문서들, 튼튼한 도시 성벽……, 을 기대하고 아프가니스탄의 외지를 헤매고 다녔던 그 불운한 고고학자는 드디어 1925년에 그 수고를 포기하기에 이른다. 그는 드디어 박트라는 정주 도시가 아니라 가시장 형태의 거대한 장사 중심지로서, 돌로 건물을 짓지는 않았을 거라고 결론을 내렸다. 아프가니스탄에는 그후로 많은 전쟁이 지나갔으며, 수많은 지방 영주의 시절을 거쳐 탈레반이 정권을 잡고 다시 미국이 그곳을 공격하고 난 뒤 유네스코는 고고학자들이 고고학 유적지를 답사할 수 있도록 프로그램을 마련했다. 아프가니스탄 전쟁이 있기 전, 바미안에 있던 부처의 벽상을 폭탄으로 가루로 만들어버리는 장면을 기억하는 많은 이에게 아프가니스탄의 유적지 보호는 절박한 현실이었다. 탈레반 시절, 그 정권은 아프가니스탄의 유적지들이 도굴꾼들에 의해 파괴당하는 것을 내버려두었다. 그들에게 이슬람이 아닌 것은 전통에 속하지 않았다. 지금 아프가니스탄이 자리잡은 그 넓은 땅에는 그러나 이슬람의 전통만 있는 것이 아니다. 기원전 3000년경, 혹은 그보다 훨씬 오래된 인간의 자취가 남아 있는 곳이다. 메소포타미아 지방과 그곳의 벽옥 무역의 역사만을 예로 들어도 5000년은 넘어 된 일이다.

답사팀은 발크로 향했다. 발크에 도착하기 직전, 마사르―샤리프라는 작은 마을의 어떤 집에 그리스 원주 기둥의 조각들이 있는 것을 우연히 보게 되었다. 마을 사람들과의 대화를 통하여 답사팀은 그 마을에서 자주 그리스식의 파편들이 발견되고는 했다는 이야기를 들었다. 답사팀은 시험 발굴을 통하여 그 마을에서 박

트라의 유적지를 발견하게 된다. 푸셔가 그렇게 오랫동안 찾아헤
맸던 박트라는 발크가 아닌 그곳에서 약 15킬로미터가 떨어진 곳
에 자리잡고 있었던 것이다. 푸셔의 발견의 불운은 그의 편견, 혹
은 그 당시 고고학자들의 편견에서 비롯된다. 그들은 발크에 박
트라가 자리잡고 있었을 것이라고 믿었기에 발크의 가장 높은 지
대에서 옛 도시를 찾아헤맸다. 그러나 그 당시 박트라의 사람들
은 발크가 아닌 그곳에서 약 15킬로미터가량 떨어진 곳에 새 도시
를 세웠다. 그곳에서 발굴이 시작되면 아마도 우리는 많은 새로
운 사실을 알게 될 것이다. 그 가운데 하나는 우리들의 편견 너머
에 사실이 있다, 라는 것.

　고고학적인 사실과 편견의 메커니즘에 의해 생산되었던 담론
은 서로 자주 충돌하게 된다. 자못 불편한 이 관계는 곧잘 서로를
곤경에 빠뜨린다. 이를테면, 인류의 기원과 관계되는 수많은 선
사학의 발견 이야기 가운데 자주 마주치게 되는 전형화된 에피소
드 : 인류의 기원에 관해서 언제나 관심이 있었던 의사 혹은 상인
혹은 대학교수 누구누구는 원숭이와 인류 사이에 중간다리를 놓
았다는 어떤 존재를 찾기 위해 일생을 허비하며 서남아시아며 아
프리카를 돌아다니다가 어떤어떤 곳의 계곡에서 어떤어떤 턱뼈
를 발견하게 되고, 그 턱뼈를 조사한 결과, 어떤어떤 원인류의 실

마리를 잡았다고 학계에 보고하고, 몇 년이 흐르고 난 뒤 다시 조사를 해보니 그가 발견했다는 턱뼈는 네안데르탈인보다 오래된 뼈는 아니었다, 하는 것들. 이 전형화된 에피소드 안에는 인간이 원숭이의 전 단계에서 진화되었을 것이라는 가정, 또한 이 가정은 자연과 세계가 직선적인 발달 과정을 거쳐 지금에 이르렀을 거라는 편견이 들어 있다. 혹은 원인류는 아프리카나 서남아시아에서 나왔을 것이라는 자연 관찰과 유물 관찰에서 비롯된 가정, 그리고 이 가정에는 인류가 한줄기에서 나와 지금처럼 세계에 퍼졌을 것이라는 편견이 들어 있다. 그런 편견이 학문의 장에서만 머물러 있으면 그것은 학문을 하는 이들의 문제이다. 그런데 그 문제는 아주 자주 학문 바깥으로 기어나온다. 그 문제가 현실의 어떤 이해 문제와 깊이 연관되어 있으면 있을수록 빠른 속도로 기어나온다. 학문 바깥으로 기어나온 문제는 일종의 다리 천 개를 가진 문어처럼 이곳저곳을 휘어감는다. 특히 종교의 문제와 관련된 편견과 그의 믿음은 자못, 불안하기까지 하다.

어떤 의미에서 편견 위에 건설된 설화나 전설을 믿는다는 것은 나쁜 일만은 아니다. 그 편견 위에 건설된 것들이 그것을 믿는 사람들을 오류의 세계에서 살게 한다고 해서 꼭 버려야 할 것은 아니다. 어떤 편견은 그것을 믿는 사람들을 위로하고 현실의 고단함, 무참함으로부터의 피난소를 제공한다. 어떤 편견은 또한 그 편견이 팽팽하게 맞서고 있는 다른 극점의 진실을 발견하는 데 큰 역할을 하게 된다. 그러나 편견이 집단의 힘이 되어 그 편견을 믿지 않는 타인을 억압하는 구조를 만들 경우, 그것은 문제이다. 아마도 구약성경 고고학자이며 텔아비브 대학 고고학 연구소의 소장인 핀켈슈타인과 실버먼이『성경을 발굴하다. 고대 이스라엘과 그의 성스러운 텍스트의 기원에 대한 고고학의 새 버전The Bible Unearthed, Archaeology's New Vision of Ancient Israel and the Origin of its Sacred Texts』* 이라는 책을 쓰게 된 동기는 그곳에 있지 않을지. 고대 동방학과 이집트학에 해박하며 성경고고학자로도 이름이 높은 핀켈슈타인은 고고학과 문헌학의 사실과 충돌하는 구약 기록을 분석하면서 구약의 새로운 진실을 드러낸다.

구약 읽기를 참으로 좋아했던 사람들은, 막상 기독교인이 아니라도 많을 것이다. 구약에 들어 있는 수많은 이야기는 인간의 욕망과 좌절, 사랑과 미움, 뼛속까지 들어가는 살아남기에 대한 열망, 찬란한 과거와 신명에 의해 움직이던 기원전 인간들의 이야기이며, 그 이야기를 구약만큼 절절하게 기록한 책은 아마도 몇

---

* 오리지널 영어판은 2001년에 The Free Press, a division of Simon & Schuster, Inc.에서 출판되었으며, 독일어판의 제목은『여리고 앞에 나팔은 없다Keine Posaunen vor Jericho』로, 2002년에 마갈M. Magall의 번역으로 C. H. Beck oHG(München)에서 출판되었다.

되지 않을 거라고도 생각할 것이다. 그러나 구약에 전해져오는 기록들은 다른 문헌의 기록이나 고고학적인 발굴 기록과 비교하면 다만 과거의 어느 시기에 일어났던 이스라엘 민족의 집단 기억을 재조합한 것이라는 것을 짐작하게 된다. 아브라함이라는 이 스라엘 민족 조상의 고향은, 구약에 의하면 우르라고 한다. 우르는 남이라크에 자리잡은 영국 고고학자들에 의해 발굴된 곳이다. 우르 제3왕국의 수도이기도 한 이곳은 지금은 군사 기지 옆에 자리잡은 탓으로 복원된 지구라트가 폭격을 맞기도 했다. 우르로부터 아브라함은 지금은 남동 터키에 자리잡은 하란으로 가족을 이끌고 이주를 했다고 한다. 구약의 기록을 역사적인 사실의 기록으로 간주했던 구약학자들은 아브라함이 가족을 이끌고 가나안으로 이주했던 시기를 기원전 2000년 전후로 생각했다. 유프라테스의 흐름을 관찰했던 신심이 깊은 수많은 유럽의 학자 역시, 기원전 2000년경을 전후로 거대한 관개 공사가 이루어지고 우르 주변을 흐르던 물길이 막히면서 아브라함과 같은 많은 양치기가 물이 있는 곳으로 이주를 했을 것이라고 짐작했다. 그러나 핀켈슈타인의 관찰대로 아브라함과 그 가족 주변에 그렇게 자주 언급되는 낙타는 기원전 2000년경의 동방에서 자주 사용되는 동물이 아니었다. 기원전 1000년경에 이르러서야 낙타는 카라반의 장사 행렬에 동반되는 동물이 되었다. 기원전 2000년 전후에 고대 동방 고

바빌론 왕국이나 라르자 왕국의 왕들이 일으킨 거대 관개 공사가 있었으며 그 관개 공사로 많은 남메소포타미아의 도시가 또한 도시로서의 생산력을 잃어버린 것도 사실이지만 그 공사 이후에도 우르는 도시로서 건재했으며 그 도시에서 집단 이주가 있었다는 것을 증명할 수 있는 고고학적인 기록은 지금까지 보고되고 있지 않다.

어떤 의미에서, 편견과 사실 사이에 어쩌면 진실이 어슬렁거리고 있는지도 모르겠다. 진실은 깊숙이 모자를 눌러쓰고 편견의 주관성 앞에도 사실의 객관성 앞에도 얼굴을 잘 보여주지 않는 것이다. 이를테면 우리들의 민담에 자주 등장하는 어머니로부터 해코지를 당하여 좌절당하는, 겨드랑이에 날개가 달린 아기장수 전설 같은 것. 그런 아기장수가 있을 리 만무했을 것이다. 그러나 우리들의 수난 역사 속에 깊이 들어앉은 좌절에 대한 오열은, 그리고 집단의식의 염원(억압으로부터 해방되기, 그 해방의 염원 속에 모든 것이 한 솥에 든 죽처럼 끓고 있는 것, 즉 편견들)은 아기장수를 만들어내고, 그 아기장수를 사실에서 일어났던 어떤 사건으로 신화화시킴으로써 집단을 심리적으로 해방시킨다. 그리고 그 심리의 바닥에서 어슬렁거리는 울분들.

핀켈슈타인이 아주 공정한 시각으로 다시 구성하는 이집트 지방에서 가나안으로 탈출한 이스라엘 사람들의 이야기는, 구약을 기록했던 이들의 염원(혹은 그 염원으로부터 재구성된 편견)과 사실이라고 보여지는 학문적인 증거 사이를 잘 보여준다.

　구약의 탈출기, 레위기, 민수기, 신명기가 그렇게 많은 힘을 기울여 기록한 탈출 기록은 역시 성경에 의하면 한 세대가 40여 년 이상을 함께 겪었던 거대한 고난 해방의 역사이다. 구약은 그 기록 속에 수많은 지명과 인명을 남겨놓음으로써 정말, 신학자들이나 구약 고고학자들이 복원한 대로 기원전 1500년경에 아브라함의 후손들이 이집트에서 정주해 살다가 복지인 가나안으로 탈출을 했는지를 점검할 수 있는 기회를 마련해주었다. 아닌 게 아니라 이집트와 가나안 지방은 시나이 사막을 경계로 두 개의 엇갈리는 기후 지대를 마련한다. 가나안 지방은 지중해성 기후를 가지고 있다. 여름에는 덥고 건조하며 겨울에 비가 온다. 비가 많이 오는 해와 전혀 오지 않는 해가 뚜렷하게 엇갈려 비가 와서 물이 풍부하면 식량 걱정을 하지 않아도 되지만 그렇지 않으면 흉년과 기아로 허덕이게 된다. 반대로 이집트에는 언제나 물이 있다. 나일 강이 흐르는 한, 이집트인들은 물에 그렇게 매여 있지 않고도 해마다 그런대로 식량을 얻을 수 있었다. 이런 기후 조건은 가나안 지방으로부터 기아에 시달린 사람들이 이집트 지방으로 이주할 수 있는 근거를 이미 마련해놓고 있는 것이다. 아닌 게 아니라 구약은 아브라함의 아들들이 가나안에서 이집트로 들어온 것이 흉년 때문이라고 기록하고 있다.

기원전 300년경 이집트의 기록에 의하면 히크소스라는 그리스어의 이름이 전해져오는데 그들은 동쪽에서 온 사람들로 델타에 정주하면서 오아리스라는 도시를 세웠다고 한다. 그들은 또 그곳에서 왕조를 건설하고 이집트 전체를 다스렸다고도 한다. 학자들은 그 왕조를 이집트 15대 왕조(약 기원전 1670~1570년)와 동일시했으며 그 왕조의 고고학적인 증거를 찾아나서기도 했다. 지금까지 연구된 결과로는 그 히크소스의 왕들의 이름은 서셈족 계통의 언어, 즉 가나안어이며 그들의 수도였던 오아리스는 동델타에 자리잡고 있는 폐허 도시 텔에드다바라는 것이 발굴로 알려지기에 이르렀다. 가나안 지방의 영향으로 건설된 건물 구조며 도자기며 무덤들이 발굴되었고(약 기원전 1800년경부터) 그리고 기원전 1500년경에 전성기를 맞았다고 한다. 어쩌면 히크소스라는 집단의 역사로부터 영향을 받아 쓰여진 이야기가 성경에 기록된 그 이야기인지도 모른다. 하지만 가나안에 살던 이들이 다 이스라엘인은 아니며 이집트의 기록에 의하면 이스라엘이라는 이름은 1200년경에 쓰여진 비문에 처음으로 전해진다고 한다. 핀켈슈타인이 기록하는 역사적인 그림은 그러므로 조금은 더 복잡하다. 고고학적인 연구 결과와 이집트 고문헌에 의하면 히크소스의 도시들이 이집트의 파라오인 아모세에 의해 파괴된 것은 기원전 1500년 중반가량인데 구약 기록으로 복원한 이집트 탈출은 약 기원전 1440년 경으로 추정되어진다. 그러니까 한 100년가량의 틈이 생긴다. 그리고 성경에 언급되어 있는 아브라함의 후손인 이스라엘 사람들이 이집트 왕의 노역에 동원되어 세웠다는 람세스라는 도시는 기원전 1440년경에는 상상하기 어려운 이름이라고 핀켈슈타인은 말한다. 람세스라는 이름을 가진 이집트의 파라오가 처음으로 왕위에 오른 것은 기원전 1350년경이었다고 한다. 만일 탈출 시기를 기원전 1440년경이 아니라 1300년경으로 보더라도 사정은 마찬가지이다. 이집트의 한 발굴지인 엘아마르나에서 발견된 400여 개의 쐐기문자로 쓰여진 편지들은 기원 전 1300년경의 정치사와 경제사를 잘 알려주는데, 그 편지들에 의하면 50명의 군인만 있으면 가나안 지방의 소동을 다스리는 데 충분하다고 했다. 이집트 왕국은 자신의 권력을 가나안 일대로 넓혔으며 곳곳에 요새와 성벽을 짓고 장삿길을 통제했다고 한다. 시나이 반도에는 그러므로 구약에서 전하는 6만 명의 사람이 집단으로 이집트 군인의 눈을 피하여 40년 동안이나 움직일 수 있는 여지가 없었다는 것이다. 그리고 아무리 고고학자들이 그들이 움직였던 길을 쫓아 그들이 살았다는 장소를 찾으려고 해도 구약에 기록된 지명들 가운데 단 하나의 지명도 그들의 흔적을 전해주지 못했다. 대신 핀켈슈타인은 기원전 700년경의 상황이 바로 구약에 적힌 탈출기의 역사 기록의 바탕이 되며, 전해지는 설화, 민담이나 신화 등이 복합적인 형태로 구약 안으로 들어오면서 오늘 우리가 알고 있는 구약의 모습을 이루었을 것이라는 제안을 한다. 그 예 가운데 하나가 모세의 이야기에 나오는 에돔이라는 왕국이다. 구약에 의하면 모세는 에돔의 왕에게 사자를 보내어 에돔 왕국의 영토를 건널 수 있도록 허락을 받고자 한다. 에돔 왕은 모세의 청을 거절했고 그러므로 이스라엘 사람들은 에돔으로 들어가지 못하고 먼 길을 돌아 가나안으로 들어간다. 그러나 고고학적인 증거에 의하면 그 시절, 에돔은 양치기 몇이 사는 아주 작은 촌락에 불과했다. 왕이 있어 영토를 다스릴 만큼의 규모는 아니었던 것이다. 그 에돔이라는 곳은 기원전 700년경에야 아시리아 왕국의 영향권 아래에서 드디어 촌락에서 큰 도시로 변했고, 기원전 600년경에 바빌론 왕국의 공격으로 도시의 문을 닫게 된다.

구약을 역사 기록으로 받아들였던 유럽의 지식인들은 대부분, 기독교인들이었다. 그리고 구약을 역사 기록으로 받아들이지 않았던 많은 이 역시 기독교인들이었다. 아마도, 구약을 고난의 역사와 그 역사의 메타포로 받아들이고 구약의 진실을 찾았던 많은 이에게 구약에 전해지는 기록과 사실 사이의 간격은 건딜 수 있는 오류였을 것이다. 그리고 그 편견의 발견을 통하여 그들은 구약의 편자들이 정말 기록하고자 했던 어떤 진실을 찾을 수 있었는지도 모른다. 한편으로는 구약을 역사 기록으로 받아들이고 그대로 믿었던 이들에게 그 간격은 견딜 수 없는 오류였는지도 모르겠다. 그 견딜 수 없음이 어떤 공격성으로 둔갑을 해서 타인을 억압하려고 들 수도 있다. 그러나, 편견은 진실을 끌어내는 불가피한 이웃인지도 모르겠다. 그 이웃과 거리를 유지하고자 하는 힘으로부터, 어쩌면 진실은 깊이 쓰고 있던 모자를 벗을 수도 있을 것이다.

존재할 권리

백석 선생의 시를 읽는 늦겨울의 밤이면 다만 설레 자꾸 뜨락으로 나서게 된다. 어떤 시어들이 그렇게 설레게 하는 것인지. 지난, 2월 말 그렇게 눈이 많이 오던 나날 동안, 나는 시를 읽다가 자주 뜨락으로 나가보았다. 눈과 그리고 밤하늘로 야간등을 달고 날아가는 비행기들. 설렌다, 라는 말이 가리키는 감정의 동요는 지금 나에게 일상 생활어가 된 이방의 말로는 표현하기 어렵다. 이 나라 사람들에게 설레는 순간이 없어서 그런 것은 아니다. 설렌다, 라는 말의 뉘앙스가 가진 흔들리는 기미, 물결이 번져나가는 것 같기도 한 그 섬세한 마음의 운동을 이 나라 사람들은 그들의 말로 표현할 뿐이다. 그러나 이 나라의 말, 설렌다, 라는 마음을 표현하는 그 말 앞에서 내 마음은 요지부동, 꼼짝하지 않는다. 그 말은 나를 설레게 하지 않는다. 나는 내 말 속에서 설렌다. 내 마음의 보수성을 나는 어떻게 할 수가 없다. 그리고 뜨락에 쌓이는 눈을 바라보며 다시 북방 한 촌락어로 된 선생의 시를 생각하는 한 존재인 나는 더더욱 설명되지 않는다. 왜, 나는 그 북방의 촌락어를 읽으면 마음이 설레는지. 내 말이기는 하되, 내가 한 번도 경험해서 살과 피로 만들지 않은 정서들이 그 말들에는 들어 있기 때문일 것이다.

말과 글에 가깝게 사는 많은 사람이 '고향주의'적이 되는 것은, 아마도 거의 자연에 가까운 것일 성싶다. '민족주의'적이라는 말을 삼가는 내 마음의 한 자락에는 현대사에서 그렇게 많이 오염된 한 정치 언어에 내가 가진 말에 대한 입장을 의탁하고 싶지 않다는 반감이 들어 있다. 얼마 전 이 나라의 대통령인 쾰러가 이스라엘을 방문해 의회에서 독일어로 연설하고자 했을 때, 거기에 반발해 의회장을 나가는 이스라엘 국회의원들을 텔레비전에서 본 적이 있다. 독일어는 나치가 그 말을 쓰기 이전부터 있던 말이며 괴테와 쉴러의 언어이기도 하다고 아무리 독일 대통령이 설득을 해도, 나치에게 살해당한 부모의 기억이 아직도 생생한 이들에게 그들의 언어는 살인자의 언어인 것이다. 다시 말하면 자살 폭탄자들의 가족이 살고 있는 팔레스타인 촌락에다 폭탄을 던지는 이스라엘 군인의 말은 팔레스타인 사람들에게는 공격적인 전쟁의 언어로 받아들여진다. 또다시 말하면 자살 폭탄자에 의해 파괴당한 디스코장에서 자식을 잃은 이스라엘의 한 어머니에게 팔레스타인들의 말은 테러를 준비하는 말로 여겨진다. 혹은 이라크 힐라에서 폭탄이 터질 때 그 폭탄에 가족을 잃은 많은 이라크인은 자신의 말과 더불어 미국 영어를 혐오하게 될 터이다. 그러나 또한 영어는 밥을 버는 데 유리한 언어라, 혐오하면서도 밤이면 전기가 끊어진 어둠 속에서 아랍어로 된 영어회화 책을 열심히 읽는 배고픈 가장도 있을 것이다. 이런 상식에 가까운 소리를 길게 쓰는 이유는, 그러나 어떤 말이든 거대 정치와 따로 움직이는 말의 역사가 있을 거라는 생각 때문이다. 이것도 역시 상식에 가깝다. 그런데 그 거대 정치와 평행으로 움직이는 말의 다른 우주는 무엇일까. 이를테면 나치에게 쫓겨 파리에서 살았던, 나치에게 가족을 잃어야 했던 파울 첼란이 또한 독일어로 시를 쓸 수밖에 없었던, 그리고 시를 독일어로 쓰던 그 시간 속에 어떤 우주가 하나 들어 있을까. 자신을 쫓아낸 말, 자신의 영혼을 길어내는 말이 하나이던 이 시인의 시간은 아프다.

  이 지상에 있는 어떤 시집들은 김치 중독자들이 밥 먹을 때 김치를 꼭 챙기는 것처럼 일용할 양식에 속한다. 서울을 다녀오면서 백석 선생의 시집을 배로 부치는 짐에 넣었다. 먼 배편으로 부친 그 시집을 혹 잃어버릴까 두려워 손가방에 다시 한 권을 넣었다. 고비 사막 위를 비행기가 날아갈 때 시집을 읽었다. 그리고, 매해 겨울이면 그 시집을 읽고 다시 읽었다. 눈이 오고 혹은 비가 추적거리는 겨울밤이면 시집을 읽고는 설레는 마음을 달랠 길 없었다. 그럴 때면 부엌으로 가서 마른 멸치를 넣고 끓인 국물에다 고춧가루를 많이 친 하얀 국수를 말아 먹었다. 멸칫국물과 붉은 고춧가루 사이에서 한적거리는 하얀 국숫발을 들여다보는 청승을 나는 또한 이길 길이 없었다. 시집은 내가 읽어야 했던 다른 책들, 이를테면 독일어나 영어나 프랑스어나 하는 책들 사이에 끼어 있기도 했다. 그 책들이 보고하는, 지금은 이 세계에 없는 도시들이나 그 도시에 살던 사람들, 그이들이 남긴, 지금은 아무도 사용하지 않는 언어로 된 문서 사이에 백석 선생의 시집은 들어 있었다.

토방에 승냥이 같은 강아지가 앉은 집
부엌으론 무럭무럭 하이얀 김이 난다
자정도 훨씬 지났는데
닭 잡고 모밀국수를 누른다고 한다
어늬 산 옆에선 캥캥 여우가 운다

　　　　　　　　　　—백석, 「야반, 산중음·3」 전문

북적이던 그 한밤중. 그네들에겐 무슨 흥거운 일이 있어서 가난한 살림에 닭 잡고 모밀국수(메밀국수)를 누르곤 했는지. 아무런 설명 없이 한순간만이 박혀 있는 명암 짙은 사진. 닭의 모가지를 비틀고 털을 뽑아서는 닭 속을 훑어 내장을 빼내고 국솥에 안치는 그 순간들의 떠들썩함. 메밀가루를 잘근하게 반죽해서 부뚜막에 한 두어 시간 두었다가 국수틀에 집어넣어 국수를 누르고, 끓는 물에서 익혀내어 찰기를 찬물에다 거두기. 먼 편으로 여우 소리를 들으며 적적하게 닭을 고는 솥을 바라보면 그 솥 밑에서 설설거리며 올라오던 삭정이불은 또 얼마나 톡톡거리면서도 고요할 것인지. 얼음이 동동거리는 동치미 국물 반과 닭고기 국물을 반 섞어 말아낸 국수에 올려 먹는 질기디질긴 닭고기 맛. 그 국수 사발을 들고 쪼그리고 앉아 국물을 훌훌 들이켜던 이들.

그리고 그 시에 실려오는 내 마을의 한 풍경. 내 마을의 북적이던 한밤중. 마른 문어는 숯불 위에 놓여 있었다. 문어를 말릴 때 문어 머리에 솔잎을 넣은 덕분에 숯 냄새에다 향긋한 솔향이 은은했다. 문어가 오그라들면서 탁탁거리고, 참기름을 치고 조갯살을 넣어 무친 묵이 양은 주발에 담겨 있고, 국솥에서는 대구에다 무를 두툼하게 썰어넣고 움파를 다져 넣은 국이 끓고 있었다. 무슨 일이 있어서 한밤중 식구들은 그 거나한 야식을 준비하고 있었는지 기억은 나지 않으나 대구국이 끓으면서 나는 내음은 멀리, 그러니까, 산 옆, 여우가 우는 곳까지 어정어정 가고 있을 거라는 것. 그리고 그 순간 속을 지나가는 움파 내음 나는 내 마을 사투리, 식구들의 목소리.

위의 시는 백석 선생의 시 가운데 1936년에서 1940년 사이에 쓰여진 것이라고 한다. 이동순 선생이 엮은 백석 선생의 연보를 보면(『여우난골족』, 솔출판사, 1996년), 그 시절 백석 선생은 첫 시집 『사슴』(1936년 1월 20일)을 선광인쇄주식회사에서 200부 한정판으로 발간하고 서울 태서관에서 문우들과 출판기념회를 가졌다고 한다. 같은 해 4월에 선생은 다니던 조선일보사를 사직하고 함경남도 함흥 영생고보의 영어 교사가 되었다. 그리고 그해 선생의 사랑이던 자야 여사를 만나게 되었다. 2년을 그곳에 머물다가 다시 1938년에 서울로 돌아와 1939년에 조선일보사에 재입사해서 『여성』지의 편집 일을 하다가 다시 사임을 하고 1940년에 만주의 신경, 그러니까 지금의 장춘으로 갔다. 그곳에서 선생은 만주국 국무원 경제부에서 6개월가량 일하다가 창씨개명을 강요당하자 사임을 하고 북만주의 산간 오지를 기행했다고 한다. 1940년, 그해 선생은 평론도 발표하고 시인 박팔양의 출판기념회 발기인이 되기도 했다. 그리고 같은 해, 선생은 토머스 하디의 소설 『테스』를 번역해서는 서울 조광사에서 출판했다. 『테스』는 1891년

발간되었으니 거의 50년 뒤, 동방의 한 시인이 그 소설을 번역한 것이다. 문득 드는 생각, 선생은 당신의 시를 영어로 번역해볼 생각을 하셨을까. 소설을 번역할 만큼 영어에 능통했던 한 시인이 영어 소설을 번역하던 그 시기에 쓴 북방 촌락어로 이루어진 시편들을 생각한다. 그 시기 동안 선생은 그러니까 서울에서 함흥으로 만주로 북만주의 산간 오지로 옮기면서 다양한 언어에 몸을 섞고 마음의 지도를 내고 있었던 거다.

다시 이 시집에 들어 있는 이동순 선생의 해설을 빌리자면 김일성 체제가 들어서고 난 뒤 가장 먼저 한 일은 언어의 통일 정책이라고 한다. 함경도와 평안도 사이의 지역 갈등을 해소하기 위해 주민들을 이주시키고, 방언을 통일하여 '문화어'라는 것의 사용을 강요했다고 한다. '문화어'라고 불리는 중앙집권화된, 이 지역 저 지역 사투리가 거세된 언어는 많은 언어와 그 언어들만이 표현할 수 있었던 순간의 사형 선고를 의미한다. 문화어라는 것을 만든 이들이 아무리 세심하게 언어 목록을 선정했든 간에 사투리의 누락, 혹은 사투리 뉘앙스의 누락은 한 언어가 문학어로 자기 운동을 계속할 수 있는 중요한 기반을 혹독하게 빼앗는 것이라고, 나는 믿는다. 백석 선생의 후기 시들 가운데 그의 언어가 아닌 말끔한 '문화어'로 쓰여진 시들을 읽으면서 헐헐한 심정이 되는 것은 그 때문이다. 문화어라는 것은 선생의 시에서는 거의 외국말

만큼 낯설어서, 혹은 치명적이어서 『여우난골족』에 들어 있는 몇몇 편의 '문화어'로 쓰여진 시를 읽노라면 마치 선생이 남의 정장을 입고 어중중 서 계시는 듯하다는 느낌을 받는다. 혹은 선생이 『테스』를 번역할 때 쓰실 수밖에 없었을 거라고 짐작되는(그 본을 읽은 적이 없어서 짐작에 불과하지만) 그 당시 산문의 규율에 의존한 글이라는 생각도 든다. 일제강점기에도 그의 말로 시를 쓰던 시인에게 소위 말하는 그 문화어라는 것이 가하던 정치적인 압박은 얼마나 거세었는지, 그 당시 북한 사정이라면 까막눈인 나에게는, 그저 먹먹하게 보일 뿐이다.

한 나라 말에서 다른 나라 말로 문학 작품, 특히 시가 번역되는 길은 멀고도 아득하다. '시 정서'라는 것만큼, 그 정서의 토양에 질기게 붙어 있는 것은 없다. 이를테면 백석 선생이 「적경」이라는 시에서 묘사한 한 장면, "컴컴한 부엌에서는 늙은 홀아비의 시아부지가 미역국을 끓인다"를 설명하면, 우선 해산을 하는데 미역국을 먹는다는 것을 상상조차 할 수 없는 이곳 사람들에게 이 시는 이해되지 않는다. 혹, 어떻게 상상은 할 수 있겠으되, 그래서? 라고 물을 것이다. 그러나 나는 가끔, 이곳 사람들에게 설명을 해주고 싶어 번역을 해보겠다는, 엄두도 나지 않는 일을 덜컥 하려고 한다. 밤은 깊고 눈은 오고, 이방의 말이 나오는 텔레비전의 뉴스도 끝나면 책상 앞에 앉는다.

위의 시를 내가 살고 있는 이 이방의 말로 번역할 방법은 있을까? 자, 한번 곰곰이 살펴보자, 싶다. 먼저 '토방'이라는 말. 흙으로 지어진 방, 진흙을 이개고 짚풀을 섞어서 바른 벽이 있는 방. 어쩌면 독일어로도 그 말은 번역될 수도 있겠다. 지금 독일에는 그런 토방이 없지만 그런 토방이 있었던 시절을 기억하는 세대가 있으며 또한 독일어의 역사도 그 말을 기억하고 있을 것이다. 하나, 한 언어의 역사는 언어의 역사일 뿐, 그 언어를 지금 쓰고 있는 이들에게 그 역사는 자신 생애의 기억만큼 현실적이지 않다. 오랫동안 달구고 풀무질을 해서 문학어가 된 많은 말이 사전 목록에서만 언어로 존재하지 않는가. 그렇다면 "승냥이 같은 강아지가 앉은"이라는 표현은 어떤가. 강아지라면 새끼 개인데 시인은 왜 강아지가 승냥이 같은, 적어도 나에게는 공격적으로 여겨지는 동물처럼 앉아 있다고 했을까. 강아지의 눈이 어스름 속에서 야생 동물들의 지극한 눈처럼 부셨을까. 표현은 그대로 번역할 수 있겠지만, 시인의 마음결은 도무지 번역이 되지 않는다. 백석 시 언어의 집이던 북방에서 태어나던 그 시절 새끼 개들은 그렇게 야생의 혼과 껍질을 안고 있는가. 그렇다면 "승냥이 같은 강아지가 앉은 집"은 또 어떤 집일까. 그 집의 고독이 강아지의 승냥이 같은 앉음새에 고여 있는가. 독일어로 번역은 될 터이나 그 집을 머릿속에 그림으로 그릴 수 있는 독일인은 얼마나 될 것인가. 부엌에서 하이얀 김이 나는 장면, 그리고 "자정도 훨씬 지났는데"라고 한 행으로 쓰여진 그 순간, 집은 고독을 털고 일어나 부엌에서 나는 김의 하이얀 색깔 속에서 오묘한 역동을 일으킨다. 다시 부엌의 역동 속으로 들어가보면, "닭 잡고 모밀국수를 누른다고 한다"고 한다. 그러나 그 행에서 번역을 하려던 손이 그만 멈추어진다. "닭 잡고"라는 짧은 시 문장이 다잡아 앉히고 있는 순간, '모밀국수를 만든다'고 적지 않고 "누른다"라고 적힌 그 순간, 그 순간이 누르고 있는 언어 너머의 역동. 닭의 모가지를 비틀고 털을 뽑아내는 닭 도살의 장면이 이 시에 들어 있는데도 여느 도살장의 처참한 장면이 되지 않고 정답고 수더분한 얼굴이 되는 이유는 무엇인가. 또한 모밀국수를 '누르는', 아마도 내 고향 사투리라면 '치는' 혹은 '내리는'이라고 표현될 이 순간을 생각하면 한 인간이 상상할 수 있는 평화의 많은 모습이 떠오르는 것은 무엇일까. 자정이 넘었는데 토방에서 그 밤참을 기다리며, 혹은 밤참을 기다리는 이들을 보며, 여우 소리에 귀를 기울이고 있는, 한 식민지에서 살아가던, 그러나 한 인간으로서 너른 우주에 던져진 한 시인은 무엇을 듣고 있는가. 그리고 그 시 안의 순간들과 그런 것들이 번역되지는 않으나 존재할 권리.

「산숙」 「향락」 「백화」와 더불어 「야반」은 선생의 '산중음'이라는 부제가 붙어 있는 네 편의 시 가운데 하나이다. 「산숙」에는 국숫집이면서 여인숙을 겸하는 곳에서의 하룻밤이 그려져 있다. 선생은 "낡은 국수분틀"과 가지런히 누워 목침을 베어보며, 그 목침에 까맣게 낀 때를 보며, 그 목침을 베고 누워 하루분의 잠을 자고 갔을 많은 사람의 "얼굴과 생업과 마음" 들을 생각한다. 「향락」에서는 감자떡을 "쩌락쩌락" 치고 있는 "종이등"을 매단 초승달이 뜬 산골 거리가 나온다. 「백화」는 자작나무로 "대들보도 기둥도 문살"도 만들고, "그 맛있는 모밀국수를 삶는 장작"도 자작나무로 하고, 산 가득 자작나무인 산골이 나온다. 혹 이 시들은 선생이 창씨개명을 할 수 없다고, 다니던 업을 거두고 산간 오지로 떠돌던 시절의 시일까. 그 식민 시절의 산간 오지에서 선생이 마주친 많은 작은 순간들, 그 순간들이 이 지상에 존재할 수 있는 권리를 시로 붙잡아둔 한 시인의 순간들. 거대 정치가 짓이겨버린 순간들이 나즉나즉 모여들어 이 지상에서 말의 한 우주를 만들 때 그 우주를 엿볼 수 있는 이들에게 평화를. 번역되지 않는 순간들을 껴안는 시인들에게 평안을.

끝이 전해지지 않는 이야기

::

내 벗이여, 나에게 수태를 하게 하는 풀을 주오

나에게 수태를 할 수 있는 풀을 보여주오

내 오욕을 지워주오

나에게 이름 하나 만들어주오

—『에타나 서사시』에서, 에타나가 독수리에게 한 말

기원후 3세기경 알렉산드리아에서 문헌으로 부분적으로만 정착된『알렉산드 이야기』에는 알렉산드가 하늘로 날아오르기를 시도한 이야기가 나온다. 알렉산드는 하늘로 올라가 하늘을 연구하고자 두 마리의 배고픈 새에게 멍에를 씌운다. 그리고 그 멍에에 올라타서는 말의 간을 끼운 창 끝을 새에게 가져다 댄다. 배고픈 새는 그 간을 먹기 위해 있는 힘을 다해 날개를 퍼덕이고, 그 힘으로 알렉산드는 하늘로 올라간다. 갑자기 사람의 얼굴을 한 새 한 마리가 알렉산드 앞에 나타나서는 땅으로 돌아갈 것을 충고한다. 알렉산드는 아래를 내려다본다. 아래에는 거대한 바닥이 있고 그 바닥의 가장자리를 뱀이 똘똘 감싸고 있다. 알렉산드는 사람의 얼굴을 한 새에게 이게 뭐요? 라고 묻는다. 바닥은 땅이고 뱀은 바다라오, 새는 대답한다. 갑자기 멍에에 갇힌 새들은 거대한 힘을 발휘해 땅으로 내려간다. 그래서 알렉산드 역시 땅으로 내려온다. 이 이야기의 메타포에 대한 많은 논의를 차치한다면, 이 짤막한 이야기에는 끝이 있다. 알렉산드는 하늘로 올라가 바다와 땅을 보고 다시 땅으로 내려왔다는 것, 그리고 다치지 않았다는 것. 이 이야기 모티프의 시초라고 추측되는 아주 오래된 이야기가 하나 있는데 그 오래된 이야기에는 그러나 끝이 전해지지 않는다.

신들이 도시를 지었던 시절, 도시라는 문화를 신들이 인간에게 가져다주던 시절, 에타나라는 양치기가 있었다. 신들이 도시를 세우고 관개 공사를 하고 도시 건물을 짓고 난 뒤, 그 도시를 다스릴 왕을 찾았다. 왕이 있어야만 신과 인간 간의 관계가 성립하고 성소가 지어지고 신들을 위한 축제가 준비되기 때문이었다. 신 중의 신 이쉬타르는 에타나에게 왕권을 주었고, 에타나는 키시의 왕이 되었다. 그런데 에타나에게는 자식이 없었다. 자식을 얻고자 에타나는 샤마시라는 태양신이며 모든 분쟁을 판결하는 판사에게 갔다. 샤마시는 에타나에게 수태를 할 수 있는 풀을 찾으라 했다. 그리고 바닥없는 구덩이에 갇혀 있는 독수리를 찾아 그 독수리를 타고 하늘로 가라고 했다. 그런데, 독수리는 왜 구덩이에 갇

히게 되었는가? 독수리는 뱀과 함께 신전의 그늘에서 자라는 유
프라테스 포플러나무에서 살았다. 독수리는 나무 꼭대기에, 뱀은
나무뿌리에. 뱀과 독수리 사이에는 계약이 있었으니, 서로 번갈
아가면서 사냥을 해서 먹고살자는 것. 그러나 뱀이 사냥을 간 사
이에 독수리는 뱀의 새끼들을 잡아먹어버렸다. 분노한 뱀은 샤마
시를 찾아가서 독수리에게 벌을 내릴 것을 청원했다. 샤마시는 뱀
에게 말했다.

> 가라, 길을, 산악으로 들어가라.
> 그곳에 짐승의 시체가 있으니,
> 그 안을 열고 배를 벌려라.
> 그 배 안에 숨을 자리를 만들어라.
> 하늘을 날아다니는 모든 새들이 내려올 것이다, 죽은 짐승의 고
> 기를 먹기 위해,
> 그들과 함께 독수리도 내려올 것이다*

샤마시가 충고한 대로 뱀은 짐승의 시체를 파먹기 위해 내려온
독수리의 날개와 꽁지를 자르고는 바닥없는 구덩이 속으로 던진

---

* 하울M. Haul, 『에타나 서사시. 키시 왕 승천 신화Das Etana-Epos. Ein Mythos von der Himmelfahrt des Königs von Kisch』, 독일 괴팅엔Göttingen, 2000년, 179쪽.

다. 구덩이에 갇힌 독수리는 샤마시에게 살려주기를 청원한다. 샤마시는 독수리를 엄하게 꾸짖고는 한 사람이 찾아올 테니 그를 도우라고 한다.

『에타나 서사시』는 아카드어로 쓰여진 『길가메시 서사시』만큼 오래된 고대 동방이 간직했던 이야기다. 고바빌론 시대(기원전 1800~1600년경)의 판본으로부터 중아시리아 시대(기원전 1400~1000년경)의 판본이 전해져오며 신아시리아 시대(기원전 1000~610년경)의 것이 가장 나이가 어린 판본이라고 한다. 신아시리아 시대의 판본은 신아시리아 왕국의 수도였던 니네베에서 발굴되었는데 열 두 개의 파본Fragment이 있으며 그 가운데 두 개의 파본이 아슈르 바니팔왕의 도서관에 속한 것이라고 한다. 에타나라는 이름은 고바빌론 시대에 쓰여진 『수메르 열왕기』에 나온다. 그는 대홍수 뒤에 등장하는 키시의 첫 왕조의 열세번째 왕이었다고 한다. 키시는 수메르 전통 속에서 가장 오래된 왕조 가운데 하나다. 그러므로 문헌학자들은 아카드어로 이야기가 쓰여지기 이전에 수메르어로 된 판본이 있을 거라고 짐작했다. 신아수르 시대로 연대가 매겨지는 점토판 문헌인 『문헌과 작가 목록』에 의하면 『에타나 서사시』는 우르 제3왕국 시대의 지식인이자 현자였던 루난나에 의해 쓰여졌다고 한다. 그는 기원전 21세기 사람이었지만 기원전 3세기에서 1세기경에 시리아를 중심으로 건재했던 셀로키

그림 : 에타나의 승천이 새겨진 인장.
출전 : 콜론D. Collon, 『첫 인장들. 고대 근동의 실린드형의 도장들First Impressions, Cylinder Seals in the
　　　Ancient Near East』, 대영박물관 출판물, 1987년, 그림 851.

엔 왕조의 지식인 사이에도 이름이 널리 알려질 만큼 명성이 드높
았다고 한다. 그러나 그가 정말 이 이야기를 썼는지는 미지수다.
루난나 시대보다 이 이야기는 더 오래되었다. 기원전 24세기경에
나오는 실린더 모양의 도장에는 독수리를 타고 하늘로 올라가는
에타나의 모습이 새겨져 있는데 아마도 그 무렵 이 이야기는 널리
메소포타미아 전역에 퍼져 있었을 거라는 게 고고학자들의 의견
이다.

　이야기는 계속 이어진다. 에타나는 구덩이에서 독수리를 구해
내고 그에게 나는 법을 다시 가르쳐준다. 독수리는 에타나를 태
우고 풀을 찾기 위해 높이 올라간다. 첫번째 비행중에 에타나는
겁을 먹는다. 첫번째 비행이 중단되며 에타나는 바닥으로 떨어진

다. 두번째 시도, 공중에서 겁을 먹은 에타나, 다시 실패. 세번째 비행, 그런데 이 장면에서 이야기는 중지된다. 고대 바빌론의 판본도, 중아시리아, 신아시리아 판본도 끝에 해당하는 텍스트를 잃어버린 까닭이다. 이야기는 여기에서 멈춘다. 고대 문헌학을 하는 많은 이가 감수해야 하는 것 가운데 하나가 전승의 불완전성이다. 부분은 남아 있되 전체를 보여주지 않는 텍스트들이 많은 까닭이다. 남겨진 부분을 모자이크하기와 그 모자이크로 전체를 재구성하기가 문헌학을 하는 이들의 시간을 야금야금 먹어치우는 송충이다. 수태를 하게 만든다는 풀을 에타나는 찾았는가, 두번째 비행에 실패하고 세번째는 성공했는가, 아니라면 공중에서 아직 에타나는 헤매고 있는가. 고대인들, 즉 신아시리아 시대의 사람들은 아마도 그 결말을 알고 있을 것이다. 그러나 우리는 알지 못한다.

에타나라는 이름은 길가메시와 더불어 고대 동방의 신화나 서사시에 자주 등장하는 인물이기도 하다. 주로 이 서사시의 영웅은 지하 세계의 신으로 등장하는데 대부분은 길가메시와 앞서거니 뒤서거니 하면서 그의 이름이 언급되고 있다. 길가메시는 그의 벗인 엔키두의 죽음을 너무나 애통해한 나머지 문득, 사람의 삶은 왜, 한정된 시간 안에서만 가능한가, 하는 질문을 한다. 한 고대인이 문득, 이런 질문을 할 때 고대의 세계는 갑자기 한 인간이 인간의 실존을 묻고 있는 아주 익숙한 현대의 현장으로 바뀐다. 왜, 죽는가, 인간은. 길가메시는 불사초를 찾기 위해 길을 떠난다. 먹으면 영원히 살 수 있다는 영묘한 신초를 천신만고 끝에 찾기는 하지만 뱀이 그 신초를 도둑질한다. 길가메시는 그러므로 그의 모든 동종이 그러하듯 죽는다. 에타나에게는 자식이 없다. 그의 왕위를 이어갈 자식이 필요한 에타나는 날개 잘린 독수리에게 다시 나는 법을 가르쳐서는 수태를 하게 하는 풀을 찾기 위해 하늘로 승천한다. 첫 비행의 실패, 두번째 비행의 실패, 이야기는 더이상 전해지지 않는다.

『에타나 서사시』의 결말을 비극으로 보는 학자들은 길가메시와 에타나가 지하 세계의 문을 열어주는 일을 맡고 있고, 지하 세계의 왕인 네르갈의 궁정을 이루는 신들로 등장하는 전승을 예로 들어 아마도 그는 비행에 실패했을 것이라고 추측한다. 불사조를 찾아내어 영생을 얻고자 하는 것이 반인간적이라면, 독수리를 타고 하늘로 올라가는 것 역시 반인간적이다. 그 당시의 질투 많기로 유명한 신들은 이런 반인간적인 일을 하는 고대인들을 그리 달갑게 보지 않았다. 그러나 고대인들은 인간적인 조건을 넓혀가려고 한 것일 뿐 신들의 권능에 도전하기 위해 그런 반인간적인 일을 계획하지는 않았다. 그러나 이 '인간적인 조건 넓혀가기'가 신들의 눈에는 자신의 권능에 도전하려는 일로 여겨진다. 그러한 도전들은 실패하기 마련이다. 인간의 실험실에서 새끼 양이 복제되는 것을 불편하게, 혹은 재앙으로 보는 바티칸의 입장에는 이런 고대 신들의 입장이 들어 있다고 여겨질 때가 많다. 기술 개발의 윤리적인 문제에 대한 입장은 그러므로, 고대인들의 신과 인간 간의 문제에서 아직 한 발짝도 나아가지 못했다. 어떤 의미에서는 많은 문제가 아직 고대의 문제 안에 갇혀 있는데, 문제들이 가진 통시성으로 치부하기에는 조금 더 많은 생각이 필요할지도 모르겠다.

앞에서 쓴 대로 에타나는 대홍수 이후에 세워진 첫 키시 왕조의 열세번째 왕이다. 그의 선왕들의 이름은 판본이 심하게 파괴되어 잘 읽을 수가 없는데 한 가지 주목할 만한 점은 일곱번째부터 열두번째의 왕들까지 모두 동물 이름을 가졌다는 것이다. 개, 양, 전갈, 독수리(?), 영양, 염소가 왕 이름으로 열거되고 난 뒤 에타나, 라는 사람의 이름이 등장한다. 고대 문헌이 언급한 대홍수가 지나가고 난 뒤 최초의 사람 이름. 물론 『수메르 열왕기』라는 문헌이 실제로 일어난 '역사를 기술한 것'이라고 보기는 어렵다. 그러나 또한 그 열왕기를 기록한 서기관들이 아무런 근거 없이 그런 목록을 작성했다고 보기에는 문헌과 기록이라는 행위가 그리 빈번하지 않았던, 더구나 텍스트 자체를 신성화했던 고대인들에게

당치도 않은 일일 수 있다(『수메르 열왕기』는 수메르인들의 정치적인 헤게모니가 고대 동방에서 사라지고 난 뒤 거의 200년 후인 고바빌론 시대에 기록된 것이다). 어떤 문헌학자들은 대홍수가 지나가고 난 뒤 주인 없는 어지러운 세계를 메타포한 동물에 관한 이야기들을, 열왕기를 기술하던 이들이 잘못 이해하고 그렇게 적은 것이 아닌가, 추측을 한다. 어떤 이들은 이 동물들이 토테미즘의 클랜을 대표하는 이름이라고 보기도 한다. 어떤 추측이 옳든 간에 에타나에 이르러 비로소 키시 왕조는 사람의 이름을 가진다. 그리고 에타나 이전의 왕들이 그저 이름만을 언급하는 걸로 기록된 것과는 다르게 에타나의 이름 뒤에는 그의 경력과 관련된 사실들이 기록되어 있다.

에타나, 양치기, 하늘로

올라갔던 자

모든 나라들을 견고히 한 자

왕으로서 1560년 동안 다스렸다*

1560년이라는 성경적인(엄청난) 세월 동안 에타나가 왕위에 있

---

* 제콥슨Jacobsen, 『수메르 열왕기The Sumerian King List』(『아쉬르학 연구 11Assyrological Studies 11』), 미국 시카고, 1939년, 81쪽.

었을 리는 없지만 그가 모든 나라들(고수메르 시대의 도시 국가들?)을 다스렸고 그렇게 오랜 세월 동안 왕정이라는 업을 행했다고 전해진 것을 보면 고대인의 기억 속에 에타나는 선정을 베푼 왕으로 각인되어 있었던 모양이다. 그리고 이 열왕기 속의 기록은『에타나 서사시』의 결말을 암시하고 있기도 하다. 그는 하늘로 올라갔고 1560년 동안 왕이었고 또 열왕기가 언급한 그의 아들 '바리'라는 이름으로 짐작해보면 에타나는 아마도 수태할 수 있는 풀을 찾아서 돌아왔다는 것. 길가메시가 불사초를 찾기는 하지만 뱀이 그 불사초를 도둑질함으로 그의 시도가 좌절로 끝나는 반면『에타나 서사시』는 '하늘로 올라가기 성공'이라는 해피 엔딩을 맞았던 것이다. 둘 다 반인간적, 혹은 초인간적인 시도를 하는데 길가메시는 실패하고 에타나는 성공한다. 그 두 고대인의 좌절과 성공에 관한 기록은 어쩌면 고대인의 무의식 속에 자리잡고 있었던 불가항력에 대한 생각들을 깊숙이 들어앉히고 있는지도 모르겠다. 그런데 어떤 불가항력이 고대인들의 생존을 더 깊숙이 위협하는가. 한 개인의 죽음, 혹은 자신의 동종을 보존하는 것? 그 동종도 그냥 동종이 아니라 왕권, 혹은 지배권이라는, 신이 인간에게 문명의 조건을 주고 난 뒤 신과 인간의 관계를 여는, 신 아닌 인간만이 건설할 수 있었던 문명의 조건을 보존하는 것? 아마도 고대인들은 후자가 더 자신의 생존을 위협하는 것으로 본 듯하다. 어쩌면 죽

그림 : 에타나의 승천이 새겨진 인장.
출전 : 뵈머R. Böhmer, 『아카드 시대의 인장들의 발전Die Entwicklung der Glyptik während der Akkad-Zeit』,
　　　발트 드 그뤼터 출판사, 1965년, 그림 693.

음이라는 자연 조건에는 손쉽게 불가항력의 어깨를 떠다밀 수는
있지만 문명의 조건을 이어나가는 것에는 그리 호락호락 자신의
자리를 내주지 않았던 고대인들의 사유 속에 『에타나 서사시』는
자리잡고 있었던 것은 아니었는지. 허나 그 두 조건 앞에서 좌절
하고 성공했던 영웅은 고대인의 기억 속에서, 그들이 남긴 집터나
길과 같은 것들이 기억의 똬리를 내린 폐허의 언덕 속에서 아직
살아간다. 그 영웅들의 마지막 집은 지하 세계의 문 앞. 둘 다 사
후에 지하 세계의 신으로 죽은 자가 들어오면 그들에게 지하 세계
의 문을 열어준다.

　언젠가 나는 발굴지에서 아이의 뼈가 담긴 옹기 속에 든 점토판
문서를 본 적이 있다. 발굴지에 따라온 문헌학자는 그 점토판을

신청동기 시대의 노예 매매를 기록한 문서라고 했다. 아마도(자꾸 아마도, 라는 말을 쓰는 것은 어떤 해석이든 고고학적인 해석은 그 해석의 상대 앞에서 오독을 하게 되므로. 모든 해석의 결론은 그러므로 언제나 잠정적인 것이며 오독의 허당을 감수하고라도 뭔가 말을 자꾸 해보려는 자의 좌절이 들어 있기 때문에) 그 아이는 노예였으며 노예 문서를 아이가 죽었을 때 함께 묻은 것은 아니었는지. 그렇다면 아이가 지하 세계 앞에 섰을 때 그 문을 열어주는 두 영웅 앞에서 아주 짧은, 그러나 아주 개인적인 행복을 조금은 누렸으면, 나는 옹기에 묻은 흙을 털어내면서 생각했다.

사원과 꿈

　사원을 짓는 이들에게는 어떤 강력한 꿈이 있다. 그리고 사원을 파괴하는 이들에게도 어떤 강력한 꿈이 있다. 사원을 짓는 이들이 남긴 꿈은 건설적이고 미래지향적이지만 사원을 파괴하는 이들에게 있어 꿈은 자못 과거지향적이다. 건설적이고 미래지향적이라고 해서 반드시 그 의도가 어떤 평화만을 담지는 않을 것이며, 과거지향적이라고 해서 파괴를 늘 염원하고 있지는 않을 것이다. 이라크에 공식적인 전쟁이 끝나고 난 뒤 그 많은 이슬람 사원이 폭탄을 맞았다. 사원을 짓는 이들이 만일 사원을 지을 때 정치적인 꿈이 아니라 개인적인 꿈만을 담았더라면 현재를 살아가는 우리의 사원은 사원으로서의 역할만 하게 될 것이고, 그 사원을 바라보는 이들이 어떤 정치적인 힘을 그것의 언저리로부터 찾지 않았더라면 사원은 사원의 얼굴을 하고 그 자리에 서 있을 것이다. 그러나 사원과 인간의 관계에 대한 생각만큼은 고대인들로부터 거의 벗어나지 못한 업을 지니고 사는 우리 현대인들은, 사원에 떨어진 폭탄 앞에서 섣불리 신을 불러볼 수 없는 시간을 살아가고 있다. 고대 동방인들에게 사원을 짓는 일은—문헌의 불충분한 전승 때문에 국가 사업으로써 사원 짓기만을 엿볼 수 있지만—신과의 직접적인 연결을 통하여 이루어졌다. 그런데 고대 동방의 신들이라면 변덕스럽기 이를 데 없고 욕망에 관해서라면 속 좁은 인간만큼 질기고 조잡한 얼굴을 가지고 있는데, 막상 사원 짓기에 등장하는 신의 얼굴은 유일신 종교의 신만큼 근엄하다.

기원전 2000년경, 라가시의 왕 구데아(수메르어로 '부름을 받은 자')는 닝기르수라는 자신이 다스리던 도시 국가의 주신을 위하여 사원을 다시 건설하기로 했다. 사원의 이름은 에닌누. '에'라는 말은 수메르어로 집이라는 뜻이고 '닌누'라는 말은 50이라는 뜻이다. '50집'. 이 사원은 이미 기원전 2500년경부터 있었다. 머리에 깃털을 달고 있는 사제로 보이는 어떤 인물이 새겨져 있으며 'Figure aux plumes'라고 고대 동방 고고학자들이 이름을 붙인 돌판에는 문헌학자들이 최초의 사원 찬양시라고 해독하는 문헌도 함께 새겨져 있었다. 그 돌판에 나오는 사원 이름이 바로 에닌누였다. 고왕조 시대의 왕들 역시 에닌누를 지었다고 전해진다.

구데아의 전임자이며 그의 장인이기도 한 우르바바 역시 그 사원의 보수 공사를 했었다. 어떤 이유인지 알려지지는 않았지만 구데아는 에닌누를 다시 짓고자 했다. 구데아보다 몇백 년 앞서 살았던 아카드 왕, 사르곤의 딸이며 우르에 있던 달신의 신전 수장이었던 엔헤두안나가 모았던 사원 찬양 노래 가운데 에닌누를 찬양하는 노래에 의하면 이 사원은 수로 옆에 그 머리를 높이 세우고 있었다고 한다. 50이라는 이 숫자는 무엇을 뜻하는가. 고대 동방인들이 사용하는 숫자법은 육십진법. 60이어야만 완전한 숫자이다. 그러나 신의 권능을 뜻하는 수메르어 '메'는 50으로 그 완전함을 이루어낸다. '메, 50'을 얻기 위해 수메르 만신전에서 가장 높은 곳에 있었던 여신 이난나는 어떤 싸움도 마다하지 않았다.

말을 몰고 남이라크의 폐허지, 텔로를 답사하던 한 프랑스 외교관은 폐허의 많은 언덕 가운데에서 원통형으로 된 점토판 두 개를 발견한다. 19세기 말이었다. 구데아 실린더 A와 B로 불리는 이 점토판은 지금까지 알려진 바로는 가장 긴, 수메르어가 죽은 언어가 아니라 산 언어일 때 쓰여진 문학 작품(기원전 2000년경)이다. 대부분 수메르어로 전해 내려오는 많은 문헌은(행정 문서가 아닌 경우) 고바빌론 시대의 에둡바(점토판을 나누어주는 곳이라는 수메르어로, 서기관을 양성하던 학교를 뜻함)의 학생들이 학습을 위해 베긴 문서로 존재한다. 그런데 실린더는 아직 수메르인들이 정치적인 패권을 잃지 않았던 당시에 쓰여진 것이다. 실린더에는 에닌누를 짓는 과정에 대한 내용이 적혀 있다. 라가시의 한 왕이 그 도시 국가의 중심 사원을 다시 지을 계획을 세우는 과정을 면밀하게 적어놓았는데, 과정뿐 아니라 에닌누라는 사원의 광채와 영광에 관한 노래도 적어두었다.

　고대 동방의 왕들은 전통적으로 많은 사원을 지었다. 사원 경제와 궁정 경제가 분리되고 난 뒤에도 사원 경제의 힘은 국가 권력을 강대하게 했고 왕들은 신들과의 관계로 자신을 정의했다. 국가의 신이 국가의 주인이었으며 왕들은 신들의 그늘 아래에서 자신의 영광을 누렸다. 그러므로 구데아만이 사원을 지은 것은 아니다. 그런데 구데아의 사원 노래만이 전해진다. 실린더는 라가시라는 도시 국가가 신탁을 받는 것으로 노래를 시작한다.

　　하늘과 땅 위에 운명이 정해졌을 때

　　라가시는 자랑스럽게 하늘을 향하여 머리를 들어올렸네*

　어느 날 구데아는 꿈을 꾼다. 그 꿈속에 나타난 라가시의 주신

* 에자드D. O. Edzard 엮음, 『구데아, 그리고 그의 왕조 메소포타미아의 왕 비명 : 초기 시대 3/1Gudea and his Dynasty. Royal Inscriptions of Mesopotamia : Early Periods 3/1』, 토론토대학 출판사, 1997년, 68~106쪽 참조.

은 구데아에게 자신의 소망을 털어놓는다. 신의 소망이란 그의 거처인 사원을 다시 짓는 것. 또 자신의 사원이 어떤 모습이 되었으면 하는 것까지. 꿈에서 깨어난 구데아는 해몽을 원한다. 그 꿈을 해몽하기 위하여 구데아는 배를 타고 수로로 닝기르수의 여동생이며 해몽자인 난셰가 다스리는 니나로 간다. 니나 역시 라가시 왕국에 속해 있는 도시 국가였다. 수도인 기르수에서 배를 타고 옛 수도이며 라가시 왕국의 성령인 라가시를 지나 니나로 가는 길에, 구데아는 라가시에 있던 닝기르수 사원 바가라로 가서 제물을 올리고 라가시의 어머니신인 가툼두 신전으로 가서 역시 제물을 올린다.

오, 나는 어머니가 없다오, 당신이 나의 어머니지요
오, 나는 아버지가 없다오, 당신이 나의 아버지지요
당신은 나를 잉태할 씨앗을 만들어서 자궁에 심어서는
성전에서 나를 만들었지요
가툼두, 당신의 이름은 달아요

구데아의 아버지는 알려져 있지 않으나 실린더에서 구데아가 직접 한 기도를 통하여 우리는 그의 출생을 짐작하게 된다. 아버지 없이 신전의 여사제에게서 태어났다는 것, 그리고 다른 문헌을 통하여 라가시 왕의 딸과 결혼을 하고 난 뒤 왕위에 오른다는 것. 선부른 해석을 삼가고 싶지만, 이쯤에 이르면 어쩔 수 없이 상상의 날개를 펴게 되는데, 이 아비의 권능 없이 태어난 여사제의 아들은 어쩌면 에닌누를 다시, 방대하게 짓는 것으로 모계로 이어지는 국가 권능을 달성하려고 했는지도 모를 일이다.

꿈에서 어떤 이를 보았어요

얼마나 큰지 마치 하늘 같았지요, 얼마나 큰지 땅 같았지요

머리는 얼마나 큰지 마치 신 같았지요

날개는 얼마나 큰지 마치 천둥새의 것과 같았지요

그의 하반신은 마치 홍수의 격랑 같았지요

왼쪽과 오른쪽에는 사자들을 거느리고 있었어요

그이는 나에게 그의 집을 꼭 지어달라고 했어요

그런데 나는 그이가 내게 하려는 말을 잘 알아듣지 못했지요

새벽빛이 나를 위하여 지평선으로 떠올랐고

한 어인이 나타났어요, 그이가 누구이든 간에

……

그이는 손에 빛나는 금속으로 만든 필촉을 들고 있었고

무릎에는 하늘의 별이 든 판이 얹혀 있었지요

……

또 한 전사가 나타났는데 그이는 벽옥으로 만든 도판을 들고 있었어요

그리고 그 도판에는 사원의 건축 도안이 그려져 있었어요

난세는 그 꿈을 해몽한다. 처음에 구데아가 본 이는 닝기르수이며, 새벽빛은 그의 수호신인 닌기르치다이며, 여인은 난세의 여동생 닌자바이며, 그 여신이 구데아에게 보여주려고 한 것은 앞으로 지어질 사원의 빛이며, 그다음에 나타난 전사는 닌두바이며, 그가 들고 있던 도판은 사원이 어떤 모습으로 지어져야 할 것인지를 상세하게 일러준 것이라 했다.

그 전사는 내 앞에 깨끗한 바구니를 놓아두었고

또 깨끗한 벽돌을 찍어낸 판형을 마침맞게 해두었고

나를 위하여 상서로운 벽돌 하나 그 판형 안에 있게 했어요

내 눈앞에 서 있는 유쾌한 포플러나무 안에서는 티기드새가 지저귀고

나의 왕의 오른편에는 한 씨말이 거칠게 땅을 파고 있었어요

다시 난세는 꿈을 해몽한다. 전사가 구데아 앞에 두었던 바구니와 벽돌 판형과 벽돌은 에닌누의 몸을 이룰 성스러운 것이며, 새

가 지저귀는 것은 사원을 지을 동안 달콤한 잠이 그의 눈으로 들어올 것이라는 뜻이며, 씨말은 바로 구데아 자신이라고 했다. 그러곤 난세는 충고를 한다. 곧장 수도인 기르수로 돌아가서 그의 창고 문에 찍어놓은 인장을 파괴해서는 창고에 있던 나무로 닝기르수를 위한 마차를 만들라고 했다. '나무'라는 것이 그 당시 남메소포타미아에서는 얼마나 귀한 것인지, 대부분 먼 나라에서 물길

사진 : 텔로에서 발굴된 라가시의 왕, 구데아의 입상.
출전 : 흐루다B. Hrouda, 『고대 오리엔트Der Alte Orient』, 베텔스만 출판사, 1991년, 322쪽.

로 산길로 수입해서는 신을 위한 마차를 짓거나 사원의 들보를 만드는 데만 소중히 사용되곤 했다. 난셰는 다시 그 마차를 은과 벽옥으로 장식하고 마치 새벽빛이 솟아오르듯 화살통에서 화살이 나오게 하며 안카르라는 신이 드는 무기를 만들고 신의 문장이 새겨진 깃발을 만들라고 충고했다. 그뿐 아니라 '나라의 용'이라는 이름을 가진 하르프 악기를 에닌누로 가져다주라고 말했다.

> 그러면 그는 너의 기도를 마치 큰 울음소리를 듣듯 들을 것이다
> 닝기르수, 엔릴의 아들, 하늘처럼 헤아릴 수 없는 마음을 가진 자,
> 그는 부드럽게 너를 대할 것이다
> 그리고 네게 집을 짓는 데 필요한 모든 세부를
> 드러낼 것이다

구데아는 난셰의 충고대로 기르수로 돌아가 창고 문을 열어 나무를 끄집어내어 마차를 만들고 신의 문장이 새겨진 깃발에다 자신의 이름을 박아넣었다. 그러곤 하르프를 에닌누로 가져가서 신 앞에 바쳤다. 매일매일 에닌누 주위를 돌아보았고, 평평하지 못한 곳을 평평하게 하고, 듣는 것을 거절했고, 말하는 것이 바뀌는 것조차 삼갔다. 슈갈람이라는 국가의 공평 무사함을 관리하는 곳에 가서 살찐 양과 뚱뚱한 꼬리를 가진 양을 바쳤고 그 밖의 제물

을 바쳤다. 유니퍼라는 순결한 산나무를 불에 던졌고 전나무에서 나는 송진으로 자신의 수호신이 좋아하는 향을 내게 하고 연기를 피어오르게 했다. 그리고 그의 신이 있는 곳으로 올라가 기도를 했다. 기도를 들은 신이 그에게로 왔다.

무엇을 네가 짓기를 원하든 너는 나를 위하여 지을 것이다

구데아, 집을 위하여 지금 나는 네게 전조를 보여주겠다

난 지금 너에게 별에 대해서 말하겠다, 별, 나의 길을 보여주는

나의 집, 에닌누, 하늘에 기초하여 지어졌으며 가장 강하고 광대

한 힘을 가진 집,

그 앞에서 하늘도 벌벌 떨며 그 집의 주인이 천둥새가 진동하기

전부터 멀리서 내려다보는 집 거대한 후광이 하늘까지 이르는 집

......

나의 집 에닌누, 왕관, 산보다 더 큰 집

......

구데아는 닝기르수의 말대로 에닌누를 지었다. 그 집의 광채는 하늘을 찌르고 올라가는 듯했으며 태양의 빛같이 나라 전체를 비추었다고 한다. 그 집을 짓고 외장을 위하여 온갖 보석이 동원되었고, 내장을 위하여 거대한 돌과 나무가 사용되었다고 한다. 구

사진 : 텔로에서 발굴된 원통형의 점토 서판(실린더 B). 구데아의 사원을 찬양하는 노래가 적혀 있음.
출전 : 흐루다, 『고대 오리엔트』, 270쪽.

데아는 자신의 모습을 현무암으로 조각하여 사원에다 세웠고, 열 개가 훨씬 넘는 그의 석상을 파괴하는 모든 이들과 그의 자손에게까지 저주를 내렸다. 세월은 지나고 구데아의 이름은 오직 문헌에만 전해졌다. 기르수라는 도시는 고바빌론 왕국 시대에 도시의 수명을 다하고 잊혀갔다. 사원을 짓게 한 원동력이었던 그 도시국가의 기름진 논밭에는 소금이 들었다. 수확은 끊기고 물길은 고

바빌론 왕국이 건설한 새 수로 공사로 끊어진다. 구데아가 그 도시 국가를 다스리던 시기로부터 몇백 년 뒤에 사람들은 완전히 도시를 떠난다. 오랫동안 누구도 그곳에 새 사원은커녕 집조차 짓지 않았다. 그리고 그 사원의 운명에 관해서는 아무런 문헌이 전하지 않고 있다. 구데아와 그의 신, 닝기르수, 그리고 해몽을 해주던 닝기르수의 여동생인 난세의 운명은 문헌으로 복원될 수밖에 없는 과거가 되었다. 그 강대한 구데아의 말, 사원 짓기와 사원의 모습을 그렇게 절절하게 묘사한 노래만이 고고학자의 발굴에 의해서 건져졌다. 그리고 그의 조각상은 기원후 2세기경에 다시 도시가 열리면서 그 도시를 다스리던 파르티아의 지방 영주의 궁정 마당을 장식하게 된다. 그의 궁정은 옛 에닌누 위에 지어졌었다. 닝기르수가 아닌 다른 신을 섬기던 이 영주에게 에닌누를 장식하던 한 고대 군주의 석상은 희한한 구경거리로, 혹은 자신의 궁전을 장식하는 골동품이 되어버린 것이다. 그리고 사원에 대한 말도, 오늘 우리가 도서관에서 만나는 문헌이 되었다. 그 사원이 강대할 때 주술적인 마력이 있던 말들, 그 말들 역시 사원과 운명을 같이하고 원래의 기능을 추억하고만 있는 것이다. 거대한 집을 짓는 이들이 많은 우리들의 시대, 그들이 지금 짓고 있는 집들의 운명은 어떻게 될까.

니네베 혹은 황성 옛터

마지막 장의 첫 문장은 이라크 전쟁과 그후에 일어난 테러에 의해 희생된 모든 이들을 생각하면서 시작하고 싶다. 그리고 그 전쟁에 의해 폐허가 된 유적지들을 위해.

전쟁이 분쟁이나 정치적인 문제를 해결하는 데 얼마나 부도덕하며 허망한 수단인지, 여기에서 다시 거론하는 것은 불필요하다. 누구나 다 알지 않는가? 그런데도 전쟁들이 이 지구를 아직 휩쓸고 있는 것에 대해서는 누구도 쉽게 설명할 수 없을 것이다. 그러나 한 가지만 더, 전쟁 후의 이라크 상황에 대해 하고 싶은 말이 있다. 거리에서 폭탄이 터지고 한밤중에 집안이 수색을 당하고 감옥에서는 조직적인 고문이 횡행하다. 그 와중에 일어난 일이 또 있다. 달 표면처럼 파헤쳐진 유적지들. 수천 개의 점토판이 사라지고 불도저가 유적지를 휩쓸고 다닌다. 물론 그 일은 미군이나 그의 연합군에 의해서 일어나지 않았다. 이라크인들의 손에 의해서 일어난 일이다. 하지만 도굴을 하는 이들에게 그 도굴품을 팔 수 있는 길이 없었더라면 과연 그들은 전쟁과 테러의 와중에 도굴을 하려고 했을까? 나는 문학을 하는 한 인간으로서 그리고 고대 근동을 공부하는 한 고고학도로서 미술품이나 골동품에 관심이 많은 이에게 말하고 싶다. 지금 골동품 시장이나 미술품 시장에 나와 있는 이라크의 유품을 사고파는 일은 부도덕한 일이라고. 헝클어진 실타래 같은 한 문명에 대한 금세기의 마지막 기억을 도둑질하는 일이라고. 이미 유통되고 있으니 사서 보존을 잘하자, 라고 말하는 분들도 있을 것이다. 일리가 있는 말씀이시다. 하지만 불가피한 것처럼 보이는 선의의 끝에는 도굴이 기다리고 있다(고고학적인 유물 역시 글로벌 자본주의의 무자비한 물레방아 안에 들어온 지 이미 오래다). 전쟁의 와중에 피폐한 살림을 돕기 위해 폐허 유적지에 곡괭이를 찍는 이라크인들에게 나는, 아무런 잘못을 물을 수가 없다. 그러나 지금 그 유품을 사고파는 이들에게는 할말이 조금 있다. 특히 도굴된 유품을 현지인들에게 몇 달러에 사서 유럽이나 미국, 일본 등과 같은 거대 골동품 시장에 수백 배의 가격으로 내놓은 이들에게는 잘못을 묻고 싶다(타인에게 도덕적인 책임을 묻는다는 것이 얼마나 어려운지, 그리고 책임을 묻는 인간에게는 도덕적인 책임이 없는지 망설이면서 하는 말이다). 자본주의 시장에서 우리들의 기억들을 이렇게 참혹하게 거래하는 것은 당신이 피해갈 수 있었던, 혹은 피할 수 있는 부도덕이라고. 이런 생각 끝에 이 연재의 마지막에 니네베와 바빌론, 그리고 산헤립(기원전 705~681년)이라는 신아시리아 왕의 이야기를 하려고 한다. 전쟁 이야기이기 때문이다. 전승된 기록 안에서 그렇다는 말이다. 전승의 바깥에 있는 그 당시 인간들의 삶은 알 수가 없다. 기록을 할 수 있는 이들은 지배 계층에 속해 있는 이들이었으며 인간에 대한 일반 권리 문제를 다른 방식으로 정의하고 그 정의의 추상을 현실로 옮겼던, 이를테면 인간과 인간 사이의 관계를 전혀 다른 맥락 속에서 보고, 실천했던 때의 이야기이다. 개인과 집단의 문제, 인간과 신의 문제에 대한 정치적인 그리고 신학적인 입장이 전혀 달랐던 한 고대의 이야기에 현대의 도덕과 부도덕의 잣대를 가져다 대는 것은 위험한 일이다. 그러므로 이 글을 쓰면서 내 입장에 근거한 판단을 보류하고 싶다. 하지만 다른 한편으로 판단을 하려는 기미를 보인다면 아마도 그건 '나'라는 한 인간이 스무 살 초반부터 생애의 한 습관으로 가지고 있는 논리적이지 못한 성향 때문일 것이다. 또한 고대와 현재를 일반율에 의거해서 비교한다는 것은 부질없는 짓거리이다. 그러나 새 세기에 들어와 일어난 많은 사건이 종교와 상관없다고 말하지는 말자. '종교'라는 깃발을

든 이들은 물론 각각 자신이 살고 있는, 살아내어야 하는 다양한 욕망이나 불가피한 필요의 구멍으로부터 그 깃발을 들고 나온다. 하지만 그 구멍 안에서 만들어진 깃발은 어찌된 셈인지 이 세기에 들어와서는 신학이라는, 그것도 대학이라는 상대적으로 중성적인 곳에서 나온 것이 아니라 정치라는 뻘에서 나온 이데올로기이다. 그 고대의 깃발이 나부끼는 세계 뉴스의 골목은 지저분하고 살벌하며 피가 흐른다. 내가 믿는 것이 당신을 억압하고 있다면, 그걸 내가 믿을 수 있겠는가. 그리고 당신은 믿을 수 있겠는가. 믿음이라는 한 인간의 음전한 마음의 동굴에서 나온 것이 분쟁의 불씨가 된다면, 이 일을 어쩌면 좋단 말인가. 아니라면 지금 우리가 보고 있는 것은 헛것인가?

니네베(현대 지명은 쿠윤지크)는 한 고대 근동 문헌학자인 반 드 미에룹M. Van de Mieroop이 쓴 대로* 고대 동방을 기록했던 그리스 사가들이나 성경 기록자들에 의해서 바빌론과 혼동된 도시였다. 바빌론에 있었다는, 신바빌론 왕국의 왕이었던 네부카드네자르가 지었다는, 그리고 고전 시대 세계 7대 불가사의 가운데 하나라고 불리는 공중 정원도 바빌론에 있었던 것이 아니라 니네베에 있

* 반 드 미에룹, 「두 도시에 대한 한 이야기 : 니네베와 바빌론A Tale of two cities : Nineveh and Babylon」, 『이라크 66』, 2004년, 1~5쪽 참조.

그림 : 니네베와 그 주변의 지형도(존스F. Jones, 1852년).
출전 : 트륍플러, 『애거사 크리스티와 동방 범죄학과 고고학』, 72쪽.

었을 것이라고 추정하는 학자들이 많다.* 그리스 사가들이 두 도
시를 혼동해서 기록했던 이유 가운데 하나는 신아시리아의 왕이
었던 산헤립이 바빌론이라는 도시를 완전히 쑥대밭으로 만들고
난 뒤, 그의 아들이자 후계자였던 에사르하돈이 바빌론을 다시 지
으면서 변한 도시 유형 때문이었을 것이라고 한다. 지금, 쿠르드

---

* 댈리S. Dalley, 「니네베, 바빌론 그리고 공중 정원들Nineveh, Babylon and the hanging gardens」, 『이
  라크 56』, 1994년, 45~58쪽 참조.

족들이 주로 살고 있는 모술 가까이에 자리잡고 있던 폐허 도시 니네베는 기원전 612년, 다섯번째 달에 메디아인과 바빌론인들의 연합 군대에 의해 함락을 당할 때까지 신아시리아 왕국의 마지막 수도였다. 산헤립과 아수르바니팔왕이 자신의 주 거처지로 삼았던 니네베, 신아시리아 왕국의 영광과 치욕을 고스란히 안고 잊혔던 한 고대 도시는 영국 고고학자들과 이라크 고고학자들에 의해 발굴됐다. 현재 이라크의 정치 상황과 그리 다를 바 없이, 바빌론에 자리를 잡았던 왕조들은 북메소포타미아 지방에서 유세를 떨쳤던 아시리아인들과 언제나 정치적인 긴장 관계를 유지했다. 신아시리아 왕조에 들어와서 바빌론은 아시리아 왕국의 영향권 아래로 들어갔다. 살마나사르 3세(기원전 858~824년)와 아다드니라리 3세(기원전 810~783년) 같은 신아시리아 왕국의 왕들은 바빌론에 신전 건축을 위하여 경비를 내놓았으며, 티글라트 필레세르 3세(기원전 744~727년)와 사르곤 2세(기원전 721~705년) 같은 왕들은 스스로 자신을 바빌론의 왕으로 등극하게 만들었고 바빌론 신년 축제(아키두)에 참여해서 바빌론 주신인 마르두크의 신상과 함께 도시 퍼레이드를 벌였다. 그러나 바빌론인들은 이런 아시리아인들의 영향권 아래에서도 엘람인들과 연합하여 아시리아인들에게 대항하는 반란을 일으켰다. 산헤립은 사르곤 2세의 아들이었다. 그는 아버지인 사르곤 2세가 기원전 705년에 아나톨리아 원정길에서 죽임을 당하고 난 뒤 신아시리아 왕국의 왕으로 등극했다. 그런데 문제는 산헤립의 아버지인 사르곤 2세가 아시리아 영토 안에서 죽임을 당하지 않아 그의 시신을 결국 이방의 땅에 두고 철수할 수밖에 없었던 당시 군사 정치적인 상황이다. 아시리아인들의 생각에 의하면 아시리아 영토 바깥에서 죽임을 당하는 것은 그렇다 치더라도 그 시신이 영토로 돌아오지 못하는 상황은 신의 저주이다. 그렇다면 그 시신의 임자는 신들에게 무슨 죄를 지었는가? '사르곤의 죄'라는 이름이 붙은 한 쐐기문자 텍스트가 있다. 산헤립이 아닌 그의 아들이자 왕위 계승자인 에사르하돈 시대에 지어진 것으로 짐작되는 이 텍스트의 화자는 사르곤 2세의 아들인 산헤립이다. 이 텍스트 안에서 아들인 산헤립은 아버지의 죄의 원인을 신탁으로 묻는다. 왜 나의 아버지는 자신의 영토에서 순조롭게 장례식을 치르지 못하고 이방의 어느 구석에서 묻히고 말았는가? 그런데 그 이유는 텍스트 안에서 그렇게 분명하게 나타나지 않는다. 바로 신탁의 내용이 적힌 자리가 읽을 수 없을 만큼 지워진 까닭이다. 그래서 텍스트에 기록되어 있는 신탁의 내용을 두 가지의 길로 해석할 수 있게 만들었다. 어떤 학자들은 사르곤 2세가 아시리아의 신들에게는 과중한 경의를 표한 반면, 바빌론의 신들을 섬기지 않았던 것이 죄라고, 신탁의 내용을 해독한다. 어떤 학자들은 그와는 정반대로 신탁의 내용을 해석한다. 바빌론의 신들을 너무나 지나치게 모신 나머지 사르곤 2세가 아시리아의 신들에게 노여움을 샀다는 것이다. 이 두 가지 상반된 입장의 배경에는 바빌론이라는 한 도시와 그 도시의 문화적인 힘에 대한 아시리아인들의 고민이 들어 있다. 그들이 아무리 바빌론이라는 도시를 장악하고 그곳에서 정치적인 위세를 누린다 하더라도 그 당시 세계의 중심지는 바빌론이었으며 바빌론의 주신인 마르두크는 세계의 신이었다. 아시리아의 주신인 아수르는 그들만의 지역적인 신에 불과했다.

'사르곤의 죄'는 새로 왕위에 오른 산헤립에게 커다란 짐이었던 모양이다. 왕권의 정통성을 공고하게 하기 위해 산헤립이 한 일은 아버지의 주 거처이던 두르샤루킨이라는 도시에서 니네베로 수도를 옮기는 것이었다. 니네베는 그러므로 산헤립에 의해서 정통성을 회복하는 이데올로기 실현의 도시가 된다. 니네베는 크기가 9,300엘렌에서 21,815엘렌으로 넓어졌다. 도로가 확장되고 도시 내성문에는 벽돌과 석회석으로 단장된 다리가 세워지며, '왕의 길'로 불리며 너비가 30미터나 되는, 도시를 가로질러 열다섯 번째 도시 문인 '정원문'으로 향하는 도로가 세워졌다. 도시 외성은 벽돌 마흔 개를 겹쳐놓은 것만큼 넓고, 백 개의 벽돌을 포개어 놓은 것만큼 높게 건설되었다. 또한 도시 주변은 정원과 공원을

사진 : 니네베에서 발굴된 산헤립이 새겨진 부조.
출전 : 아미에, 『고대 오리엔트의 예술』, 그림 614.

만들어 아름답게 꾸며졌다. 니네베의 곳곳에 온갖 과일나무와 향
기가 나는 나무를 심었으며 포도와 기름나무가 무성하게 도시를
덮었다. 그는 신전을 보수하거나 새로 지었을 뿐 아니라 종교적
인 개혁을 단행한다. 그 개혁의 중심부에는 아시리아 왕국의 주
신인 수르를 마르두크의 위치로 옮기는 작업이 들어 있었다. 그
하나로 산헤립은 고대 동방의 천지 창조 신화인 『에누마 엘리쉬』

를 다시 쓰게 만든다. 그의 버전 안에서 도시 바빌론이 하던 역할은 도시 아수르로 옮겨졌고 마르두크의 역할은 신 아수르가 떠맡는다. 그와 함께 산헤립은 해마다 바빌론에서 열리던 아키두 축제를 도시 아수르로 옮겨온다. 명분은 '잊힌 아시리아의 옛 전통을 복원한다'라는 것이었으나 사실은 '역사 만들기'가 그 목적이었다. 그리고 아키두 축제가 더이상 열리지 않는 바빌론에 문화적인 진공 상태를 만드는 것, 그 안에서 진을 치고 있던 바빌론의 신정관들, 그들의 원조군들의 손발을 묶어놓는 것이 주목적이었을 것이다. 산헤립의 바빌론 정치는 세 단계로 나눌 수 있다. 처음 그가 바빌론을 함락시키고 그곳으로 들어갔을 때, 그는 자신이 직접 바빌론의 왕이 되는 정치를 했다. 이 정치는 바빌론인들에게 거부감을 주었다. 두번째, 산헤립은 벨이브니라는 바빌론 사람을 왕위로 올려 바빌론 사람들의 환심을 사려고 했다. 그러나 이 정책도 그리 큰 성공을 거두지 못했다. 세번째로 그는 자신의 장자인 아수르나딘수미를 왕위에 오르게 했다. 이 정책은 거의 성공하는 것처럼 보였다. 산헤립의 장자는 6년가량 바빌론을 평화로 이끌었으나 결국에는 엘람인들에게 배신을 당해 끌려가서 죽임을 당한다. 장자를 잃은 산헤립은 다시 군대를 이끌고 바빌론으로 들어간다. 또다시 바빌론을 점령한 그는 아주 극단적인 방법으로 바빌론을 손에 넣고자 한다. 바빌론 전체를 파괴하라고 명령한 것이다. 그리하여 바빌론이라는 도시 자체가 지도에서 사라져버리기를 그는 바랐다. 도시를 부수고 불을 지르고 사원으로 들어가 신상을 부수었다. 그도 모자라 그의 군인들은 유프라테스강의 지류를 돌려 파괴가 된 도시 안으로 강물을 흐르게 해버렸다. 산헤립은 마르두크 신의 신상과 성물을 아시리아 영토로 옮기게 했다. 신상과 성물들은 마치 부잣집 아이들처럼 유괴를 당했다. 천지를 창조하던 신들은 자신이 창조한 세계 안에서 끄덕끄덕 말수레에 실려 유괴를 당한 것이다. 바빌론의 신년 축제 속에서 매년 새로 창조되던 세계는 이제 바빌론이 아닌 다른 곳에서 매년 천지를 창조할 것이다. 그 역사적인 일화를 산헤립은 바비안이라는 니네베의 인공 수로 입구에 있던 골짜기의 절벽 바위에 새겨놓았다. 이것이 '바비안 비명Bavian Inscription'이다.

나는 도시와 그 도시의 집을 파괴했다. 지반의 기초부터 흉벽까지, 나는 그것들을 황폐하게 만들었고 불에 타게 했다. 나는 도시의 내성과 외성의 벽돌과 흙을 쥐어뜯었고 그 도시에 있는 만큼의 신전과 지구라트를 쥐어뜯었으며 그리고 그것들을 아라투 수로 속으로 내던졌다. 도시 중심을 가로지르는 수로를 파서는 그것들을 물로 뒤덮었다. 나는 그것들의 기초를 사라지게 했으며 나는 어떤 파괴력이 강한 홍수보다 더 강하게 몰살시켰다. 그리하여 미래에도 도시가 있던 자리, 사원이 있던 자리는 자취를 알아볼 수 없을 것이다. 나는 그것들, 모두를 물로 사라지게 했고 마치 물로 범람한 나라로 만들었다.

—바비안 비명 II, 50~54*

바빌론을 파괴한 것이 산헤립이 처음은 아니다. 히타이트 제국의 왕 무르실리스 역시 바빌론을 파괴했고 마르두크의 신상을 유괴했다. 중아시리아 시대의 왕이었던 투쿨티니누르타 1세 역시 바빌론을 파괴하고 신상을 유괴했다. 바빌론으로 들어가 마르두크를 유괴하는 것은 일종의 전형화되고 반복된 고대 동방의 상징적인 정치 행위이다. 신을 납치해서 역사의 물줄기를 돌려놓는 일, 즉 세계의 중심지를 바꾸는 것. 특히 아시리아인들의 신학은 전쟁을 통한 팽창 정책으로 그들을 이끌었는데, 아시리아 왕들이 자신을 '신탁으로 전쟁터로 나서는 자' 그리고 그 전쟁을 '세계 질서를 유지하고 하모니를 달성하는' 것으로 불렀을 때, 전쟁은 피할 수 없는 어떤 추상적인 것이 되고 만다. 이 추상성 속에서 엘리트들은 전쟁을 일으키고 자신들의 이데올로기를 완성하려 하지만, 그러나 그 전쟁을 겪어내는, 쐐기문자로 단 한 번 자신의 이

* 루켄빌D. D. Luckenbill, 『산헤립 연대기The annals of Sanherib』, 오리엔트 연구소 출판물, 1924년.

름조차 써본 적이 없는 인간들의 곤욕은 어떻게 할 것인가? 그리
고 그 정치 엘리트들의 내면을 이 지구상에 존재하지 않는 고대의
이데올로기로만 쉽게 치부할 수 없는 이유는 무엇인가? 세계 질
서를 수립하는 것이라고 불리는 이 참담한 이데올로기의 욕망 속
에 신과 함께 선두에 서 있었던 고대의 정치 엘리트들이 아시리아
왕들이었는지도 모르겠다. 그리고 현대의 많은 전쟁이 그와 유사
한 얼굴을 하고 있는 건 아닌지.

　근대 이후의 인간들이 '생의 비밀'이라고 부르는 것, 고대 인간
들이 신들이 짓는 아이러니로 부르는 것이 바빌론을 파괴할 정도
로 강대했던 산헤립의 생애에도 일어났다. 장자의 죽음이 가져다
준 왕위 계승의 분란 와중에 산헤립은 그의 아들 가운데 하나인
에사르하돈을 왕위 계승자로 지목했다. 그 일이 다른 아들들의 분
노를 샀고 산헤립은 자신의 아들의 손에 의하여 살해를 당하기에
이르렀다. 어쩌면 바빌론이 산헤립에게 한 복수인지도 모르겠다.
산헤립은 바빌론 정치의 끝에 죽음의 골곡으로 들어간다. 아들인
에사르하돈은 바빌론과 화해하는 정치를 펼쳤고, 아비의 종교 개
혁을 부분적으로 무효화시킨다. 마르두크와 아수르를 나란히 만
신전에 앉힘으로써 북메소포타미아와 남메소포타미아의 조화를
만들어내려고 했으며 바빌론을 다시 건설했다. 그리고 세월이 흐

사진 : 삼알에서 발굴된 에사르하돈 비.
출전 : 로프, 『고대 메소포타미아와 근동 지방의 지도』, 188쪽.

른 후, 바빌론은 아시리아 왕국으로부터 독립한 왕국을 건설하고
는 드디어 니네베를 함락시키기에 이르렀다. 마치 산헤립이 바빌
론을 파괴한 것처럼, 바빌론 군대는 니네베를 물로 범람하게 만들
었다고 역사가들은 기록한다. 니네베에 있던 아시리아 군인들은
석 달 동안 거센 항거를 했고, 그 와중에 당시 왕이었던 신샤르이

쉬쿤은 죽음을 당했으며, 함락이 되고 난 뒤 아시리아 잔당들은 마지막 아시리아 영토가 있던, 지금은 동남 아나톨리아 지방에 있는 하란으로 도망을 간다. 신아시리아의 마지막 왕이라고 불리는 아수르 무발리트가 그 하란 땅에서 어떤 정치적인 운명을 거쳐 소멸로 들어갔는지, 누구도 알지 못한다. 다만 이집트 왕의 보호를 받았다, 라는 기록만 전해질 뿐 이 마지막 왕의 운명은 영원히 '전해지지 않음'의 소멸로 들어갔다. 모든 연대기들이 그에 대해서 기록을 전혀 하지 않았기 때문이다. 그러나 그의 거처가 있었던 하란의 술탄테페라는 유적지에서는 많은 문헌이 발굴되었다. 그의 선조였던, 수르 바니팔왕처럼 아수르 무발리트도 고전을 모으고 정리하고 베껴 쓰는 일을 멈추지 않았다. 나는 그 술탄테페를 방문한 적이 있다. 발굴 버스를 타고 아나톨리아의 한 중소 도시를 지나 도시 언저리의 폐차장과 고물상들을 지나 그 고물상 옆에서 피곤한 듯 차를 마시며 이방인의 차 번호판을 멍하게 바라보는 남자들을 지나 다시 해바라기가 줄을 이어 서 있는 목화밭을 지나갔을 때 이미 저녁이 되었고 우리는 폐허에 도착했다. 약 30년 전에 영국 고고학자들에 의해서 이미 발굴이 되었던 그곳은 이제 발굴 흔적조차 보이지 않았다. 기억 언덕의 어느 깊은 골에서는 검은 띠가 물경 2미터의 두께로 둘러져 있었는데 그것은 고고학자들이 부르는 '파괴층위Zerstörungshorizont'의 자취였다. 그것인가, 모든 역사가 끝나고 난 뒤, 파괴층의 검은 띠가 기억 언덕의 등성이를 마치 상가의 흑빛 상장처럼 두르고 있는 것, 그것을 위해 왕들은 '세계 질서'를 위한 전쟁과 살육을 마다하지 않았는가? 그리고 신도 인간도 다 떠난 기억 골짜기에는 토기 파편들이 흐드러지게 폐허의 잡풀과 함께 노을을 향해 누워 있었다. 일종의 황성 옛터, 그리고 그 앞에 서서 폐허를 바라보는 인간 역시, 허름한 주점에 앉아 〈황성 옛터〉를 부르는 마음에서 단 한 발자국도 자신의 사유를 진전시키지 못했음, 그 비애도 여기에 함께 적어두고 싶다.

나 는
발 굴 지 에
있 었 다
ⓒ허수경 2018

초판 1쇄 발행 2018년 11월 20일
초판 3쇄 발행 2021년 8월 8일

지은이 허수경
펴낸이 김민정
편집 김필균 도한나
디자인 한혜진
마케팅 정민호 김도윤
홍보 김희숙 함유지 김현지 이소정 이미희 박지원
제작 강신은 김동욱 임현식
제작처 영신사
펴낸곳 난다
출판등록 2016년 8월 25일 제406-2016-000108호
주소 10881 경기도 파주시 회동길 210
전자우편 nandatoogo@gmail.com **트위터** @blackinana **인스타그램** @nandaisart
문의전화 031-955-8865(편집) 031-955-2696(마케팅) 031-955-8855(팩스)

ISBN 979-11-88862-24-5 03810